U0955206

For K and all of you.

两万字，

记录这两年所有凑巧的相遇……

有你，有你，还有你……

两万字的两年

段林楠 / 著

光明日报出版社

前言

再强的胶，还是会风干，开裂。除非用钉子，刺穿了彼此间所有的交错。疼了彼此，也许永恒。

我，不算是一个艺术细胞爆棚的人。

相反，在很多人眼里，他们甚至看不上我的审美。可是我自认为是一个对生活有所向往，满怀希望的人。

我热爱身体中感受到的每一毫克多巴胺。

可能你会觉得我矫情，我叫这个“小心眼”。我不想错过生活中任何一丝精彩，或者朋友觉得低能的事物。我想抓住它们所有。

曾经一个心愿，就是在 25 岁前出一本书。不为了赚钱，不以此为生。纯粹想给自己一个交待。当然，我从没对此书的形式有过任何想法。也许是杂文，或者画册。直到有一天，在机场买了一本九把刀的《我买过最贵的东西是梦想》。这本书讲述的就是他生活中的小品。他唤起了我把梦想实现的冲动。我迈出了第一步，整理素材，重新编辑，最后联系出版社。

拍照，受到了愈来愈多各类人群的喜爱，久了，它成了爱好，有的则养成了习惯。

我没有拥有过一部高品质的单反。

我有一部手机。

它的眼睛，帮我捕捉到了不计其数的瞬间。

有时候想想看，背着大炮，或许永远找不到那些隐于默默中的小美丽。

在这不到两年的生活中，我走过了很多地方。从英国到欧洲大陆，飞回北京，又去了加拿大和美国。最后带着一路上的惊喜满载而归。

一张随手的抓拍，配上一句随心的感悟，成就了一瞬间的美。在我看来，生活的乐趣就圆满了。

书中的文字，比较杂。有情非得已，有略知拙见，也有真情写照。这些小作，都是由每个 24 小时中看到的某个画面，或见到的某个人迸发出来的。也许我们会对同一件事情的看法志同道合，也许你会觉得我不懂装懂。说实话，也许今天的我再回顾某一天发生的事情，说过的话，连我自己都会笑出声。

想象一下，如果地球上没有人类，只有动物和植物，这时，仍会有过去和未来的存在么？这时，我们仍然能以任何一种意义的方式来谈论时间么？

活在当下，记录下来，蓦然回首，人便成长了。这一路会有喜怒哀乐，悲欢离合，没人走过与别人相同的路，更不相信 A 能理解 B 的全部。我们最终什么都不留下。最终都会过去。我们都会老去。可至少几十年后的我们，有所回忆，有故事讲给我们的儿女、孙子听。品味生活带给我们的乐趣，才是我们为自己创造的最大价值。

05 JUN

2012

中国 杭州→北京

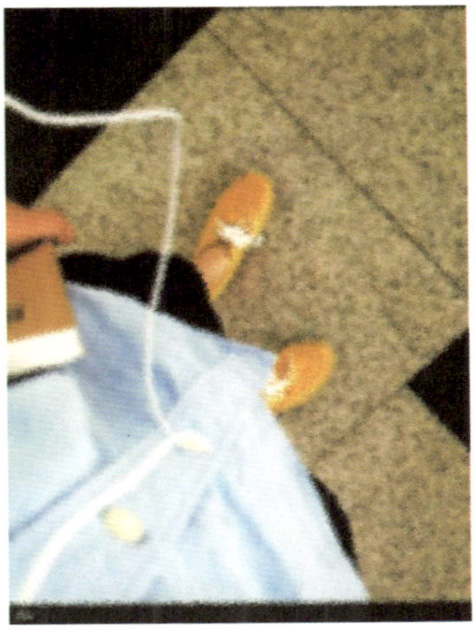

这是我现有能找到的第一张朋友圈照片。这一天是从杭州回北京。杭州，是一个对我个人来讲有点神奇的地方。几次都是两个人去，一个人回。这次，杭州下了小雨，和她在西湖边，手里拿着久违了的 Mission Hill 淋着雨喝着酒。第二天是否感冒了，已经不记得了。鞋和衣服都湿透了是一定的。想找情调，还是要有一定的身体基础啊。

29 JUN

2012

中国 郑州

来到了郑州，参加一个朋友的婚礼。每次参加婚礼都会被感动，都会诚心的祝新人幸福。看着身边的朋友一个个都结婚了，想想自己是不是也该快了。可是怎么样的两个人能步入婚姻的殿堂呢？小时候觉得喜欢一个人，就会永远在一起，就会结婚。大一点了觉得发生了性关系，彼此就有了责任，就会结婚。然后，开始考虑到性格合适与否的问题。慢慢的又经历了信任的风波，觉得两个人一定要经历过风雨，才能有未来。原来我有一份买卖车的工作，工作的时候我们常开玩笑地劝客户“结了婚了都能离婚，刚买的车怎么就不能再换一辆？哪怕是二手的？”至此，我对婚姻的长久性又迷茫了。几个月前，因为家里给我的压力，我和一个女孩分手了。像朋友们所说的“别找理由，就是因为不够爱”。但这是我第一次意识到，一个男孩找未来老婆的时候，双方父母也是一个对婚后幸福影响的重要因素。我又一次开玩笑地说，我想找一个有钱家的女孩。我妈差点给我一嘴巴。我的本意并不是表面的那样。我想说也许家庭条件不错，或者在国外留过学的人与我的三观比较接近。对人的尊重和对自身价值的投射都与我相符。这样就可以避免以后会吵到“咱俩价值观不一样、我们不是一个世界的人”这样的话。事实证明我又 Too young, too naive.——有钱的看不上我。和朋友聊天的时候聊起了门当户对。听起来很封建，可老话毕竟有老话的道理。只是套用在如今，这个

不是第一次做伴郎。话说，伴郎伴娘不能当三次以上，否则就嫁娶不到是不是真的啊。

当和这个对，有着不同的解释了。我们聊天最终得到的结论：门当户对，只要是双亲家庭，且有一定教育背景就好了。因为我俩家庭是双亲，家庭和睦。（我并没有对单亲家庭有着任何负面的看法，相反，我大部分的女朋友都是单亲家庭，且我们在一起的时候，彼此感情很好）随着成长，对婚姻的概念越来越明白，找到那对的人，也越来越难。不过我和所有人一样，始终相信每一个人都有着找到 TA 的机会，而且相亲相爱，天长地久。

不是第一次做伴郎。话说，伴郎伴娘不能当三次以上，否则就嫁娶不到是不是真的啊。

07 JUL

2012

中国 香港

有时候我们说要抵制日货，可是日货的替代品在哪？在上小学的时候有幸受到日本的邀请，全国几十个小朋友代表中国去日本参加某个活动。在新干线上，有个日本记者问我对中日关系怎么看。我记得我当时的回答是历史就是历史，不能忘记。可是现实不能不面对。现在的日本的确有很多值得我们学习的地方，也许我以后会在日本留学，但我是为了学习你们的知识，以后报效祖国。哈哈，想起来有点小大人的口吻。也许，我们有的时候真的很崇洋媚外。我们会购买进口货，觉得进口货就是高级。的确是这样。长大后去过日本几次。日本的超市里，会把“国产”两个字清楚地印到包装上面。“国产”，就是质量的象征。价格比任何地方的进口货都要贵（大部分商品）。我们的呢？巴不得掩盖 Made in China 的事实，所以有了“达芬奇家具事件”。在东京，街上没有垃圾桶和烟灰缸的现象已经被越来越多的人所听说。他们都会把自己制造的垃圾带回自己的家里，等待一周一次的垃圾回收。他们对垃圾回收、遇到紧急情况的程序是从小灌输的。这些我们必须承认，他们做的比我们好。我们也有这样的教育，效果为何不及他们。白岩松先生写过的那本《岩松看日本》真的很客观。我也希望我们国人不要动不动就说抵制日货。不如大家努力做出一些成绩，让我们的消费者不需要迫于言论的压力，自动放弃进口商品。我不想把日本说得太过高大上。如果我们爱我们的中国，如果你真的那么恨日本，那我们一起屏足了气，真真正正的超过他们！

为什么我在北京找不到我最爱的 Baby carrots？

08 JUL

2012

中国 香港

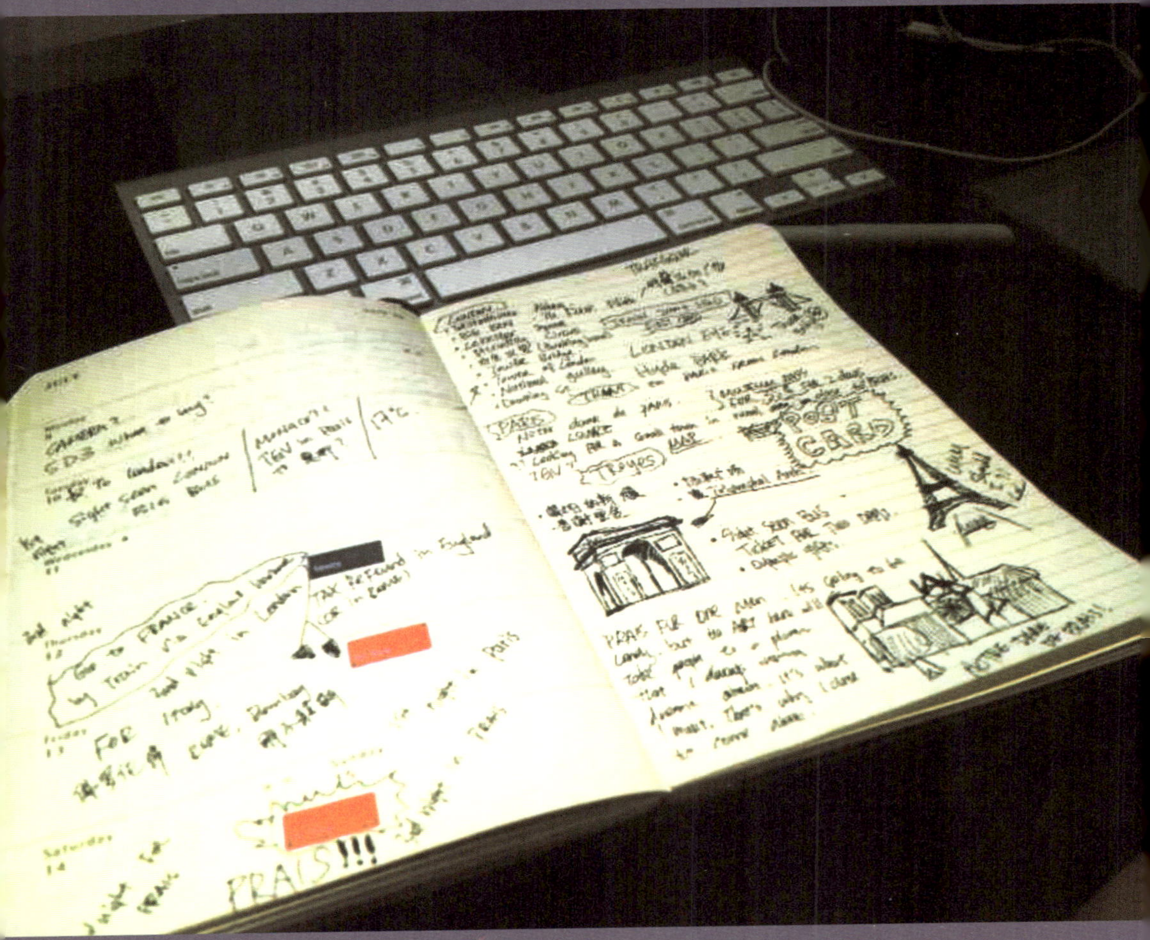

决定了独自去欧洲的计划。没有一个朋友在那边。欧洲，7 岁的时候去过一次。后来可望不可求。耳熟能详的城市中，背后有着无数的浪漫，藏着豪壮的历史，更期待的其实是在国内久违了的“机遇”。

10 JUL

2012

中国 香港→英国 伦敦

还是决定自己来了。看似草率，也同样看似蓄谋已久。

去年，大概应该也是差不多这个时候吧。她自己来了。我的印象里是自己。她自己在飞机上是什么感觉呢？想不通。不想想了。恐怕时间久得已经不想再对她有什么猜想。不记得她去没去英国。这是个我很向往的国家。不是那种政治色彩的向往。是对这个地方的语言、建筑、文化都充满好奇。

从没去过，期待了若久的行程，没想到上午就买了晚上的机票。似乎那么难，又那么简单。习惯了独来独往，习惯了自己坐飞机，习惯了自己旅行……真的么？又好像不是。也不知道怎么就自己买个机票就走了。一个人走在熟悉的香港机场，手机试着登录着免费的无线网，寻找着吸烟室，坐在距离吸烟室较近的休息室，期待却又担心这次旅途的开始。

害怕。从没去过，没有任何认识的人，没有任何熟悉的街道，没有任何似曾相识的建筑，就连钞票都是第一次拿。很陌生，非常。记得上次有这种感觉是为了她，放弃原本的城市，只身前往多伦多。没想到她的离去，迫使我在那里度过了难熬的20天。这20天包括了陈奕迅演唱会、平安夜、圣诞节、跨年、以及我的生日。不知道我待会儿到达伦敦的酒店会不会像我在多伦多租的房子那样很高。据可靠消息，我将会被“毛

毛雨”接待。雾都，这是它独特的迎宾么?

我可以接受。

做了功课，所谓的旅游计划。在机场买了本旅游指南。好像是台湾人写的，因为里面很多都是拿台湾作比较。这不是很重要。有很多地方想去，但是又觉得我会哪里都不想去，如果酒店有个大窗户，那我如果选择坐在窗台前的沙发上，看着外面，手拿着烟，抽一根，享受一下这欧洲的神话，日不落帝国的首都。这完全可以是我的风格。或者我又会慢慢地回忆一下脑海里不懂装懂的英国历史，或者结合眼前的风景联想一下某个电影的某个镜头。

平躺，一板之隔。我后面的女孩貌似还不错。我跟她好像同时躺下了。我偷偷瞄了她一眼，她在看不知道是什么美剧。笑得很可爱。不像我刚看到她的时候貌似什么都不屑的样子。慢慢的睡了。飞机在早上6点多就到了。这和从温哥华到达纽约的时间差不多。早上一笔斜阳，当然不是夕阳的那种斜阳。影子被照得长。手拉着箱子到处找地铁的景象又一次会上演。这是一种开心的无助。现在在飞机上刚睡醒。醒的时间很恰到好处。还有两个小时左右，应该又是开始吃吃喝喝的时候了。要胖死算了。

外面的天亮了。早餐，来点水果。

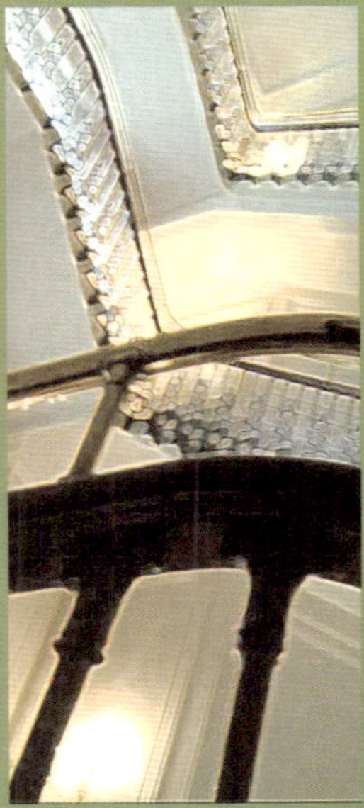

11 JUL

2012

英国　伦敦

J445 JCD

Exit

My Brother went to London and all I got was this lousy T-shirt!
Some Crazy Idiot went to London and all I got was this lousy T-shirt!

到了一个地方一定要坐 BUS。便宜，实惠，还有导游。

这是我在美国独自旅游时候的心得。车会在很多景点门口设站。2 天车票，无限次上下。英文导游，多国语言录音景点介绍。语言稍微通一点的，就去试试吧。

夏天记得涂防晒霜，双层车的 2 楼通常是敞篷的。

23 JUL

2012

英国 伦敦

这里是伦敦某广场地下室的一个储藏室。里面放的全是街头卖艺者的道具。他们相互商量好每天表演的时间段。不会冲突。道具放置于此，没有人会乱动，更不会偷走。他们彼此知道，这些，都是自己糊口的家伙事儿。

24 JUN

2012

英国 伦敦

这天出发去温莎古堡。在火车站里碰到了某位传递奥运火炬的传递手。他不是名人，没有专车，并不显眼（不然也不会在这里碰到）。我请求照个照片凑个热闹，他毫不犹豫地答应了。没有谁比谁高一等。引用在酒店看电视，采访某位英国明星时我看到的一句话特此献给某些人：“我们是偶像，没了粉丝，我们什么都不是。我们是靠粉丝吃饭的，所以我们尽量满足粉丝的各种需要，尤其签名和合照。”

25 JUL

2012

伦敦 巴黎 罗马

这几张照片的组合要特别感谢雯小姐。

26 JUL

2012

英国 伦敦

伦敦的一座火车站。和她在凌晨的时候摆出来的一幅“巨作”。这是一个装置艺术。我们突发奇想，把它摆出了这一句话。墙上面是由无数个球形体组成，可以转动成黑色、黄色、黑黄相间面。

PS. 又发现了我的错字问题。我发现我还真是不为读者负责的一个人 -，-

28 JUL

英国　伦敦

大名鼎鼎的英国炸鱼薯条。好像并不是那么受非本土人欢迎。听说一个笑话。各国的厨艺比赛冠军相聚在某个国际比赛。当一名选手说来自于英国时，其他人惊奇地问："英国还有美食？！还有比赛？！比什么啊？！"那选手答道："各种鱼和各种土豆，做的各种鱼薯条。"

这天也是我在伦敦的最后一天。也是伦敦奥运会开幕的时间。我们来到了 Hyde Park。一群人坐在草地上，喝着啤酒，唱着歌，看着屏幕转播的开幕式。对于他们来说，奥运会，也是一种 Party。

明天启程去欧洲大陆。两个人。

29 JUL

荷兰 阿姆斯特丹

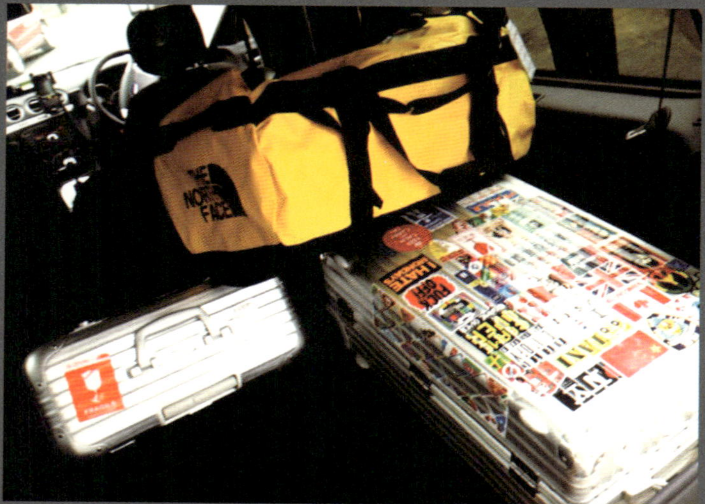

2012

原计划的回港时间是今天。但是恋恋不舍的我决定转程在此，前往欧洲大陆。

第一站，阿姆斯特丹。工商银行的广告做的还挺大。

01 AUG

德国 汉堡

2012

说走就走的路程发展到了租一辆车，在从来没去过的高速公路上，没有目标的狂奔。说狂奔，真的是狂奔。德国的高速没有限速。我已经开到了180km/h，后面一辆X5一直追着我。我换线到了连卡车都开150km/h的边线。先是一个大麻合法，各种疯狂的荷兰，又来到了不限速的德国。两个不要命的国家，一次都来了，让我怎么吃得消……

至于认路问题，反正也不知道去哪，就开吧。因为不是一个人。

03 AUG

2012

德国 柏林

在汉堡停留，享受了一晚 Fairmont 的奢华之后，来到了柏林。

感受了一下柏林墙的味道。这座经历过战争的城市，这面风霜过政治争议的石墙。深吸一口气吧。学过几个月德语的我，在第一堂课感觉有的发音很像日文。这两个国家总是被我联系到一起。可能都是受二战的影响。这两个战败国严谨的性格，促使了在战后马上站起来的今天。他们真的战败了么？我们赢了么？

杯子那张图片是我在一个名叫 Van Gogh Bar 的地方拍的。对单一麦芽情有独钟的我，在这里品尝到了德国极少的威士忌。有一个老者，坐在一架与他年纪差不多的钢琴面前，弹起了《Hey Jude》 by the Beatles。这首国际歌曲瞬间把我们这俩个外国人融入到了他们当中一起 Sing Along。

多美好的一晚。

05 AUG

捷克 布拉格

由于某种历史原因依然存在，我们无法继续开车到东欧的捷克。买了火车票，但没想到这里火车的座位是先来后到制。俩个人拖着家当，上了火车坐在了走道中。我对面坐了一位加拿大男孩。于是就侃起来了。随着离终点越来越近，我们找到了座位。我写着我的东西，她看着她的风景。有时候，两个人无声胜有声。

几个小时后终于到了布拉格。太美了。住酒店也是个小惊喜。13 世纪的建筑物，只有 6 个房间，每个房间用不同颜色的水晶石区分。

我们眼前的横梁，已经 700 多年了……

07 AUG

2012

意大利 罗马

一再延期的归程，终归还是到了最末。最后一顿晚餐——罗马。明天起程回去了。久违的欧洲，各种惊喜。

有的时候觉得什么是异域风情？在国内的，变质了的空气和无法穿越的阳光使生活缺少了热情。人与人之间的交流变成了负担。各种“有爱”的动作在日常中消失了。

有一年圣诞节，我在多伦多一个商场的转角处，和一个满头白发的老奶奶撞到了一起，我刚要开口说抱歉的时候，老人笑了一下，头一歪——“Marry Christmas”。

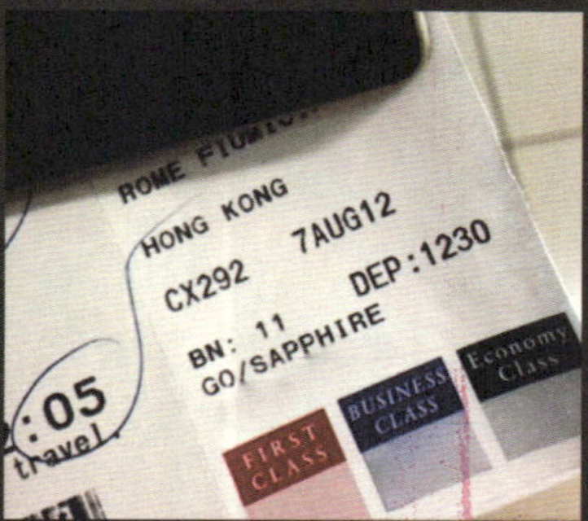

Absinth

09 AUG

2012

中国 北京

静下来．听完一首歌．换个心情．再继续听..........

听完，想．静．再听．平静．恢复．小声点．再听..........

心情．歌剧．耳机．无噪．黑夜．星空．路灯．马路．继续听..........

Notre dame da paris. Les Oiseaux Qu'on. Quasimodo. Esmeralda..........

应该．不该．悲剧．心情...... 再听..........

故事．年龄．经历．唱功．作曲．爱情..........

想．乱．思考．头绪．没有．继续听着..........

滑雪．摔跤．呵呵．玩的好么．多穿点..........

压力．共同点．多？衣服．黑色重来一遍..........

.......仔细听．查歌词．翻译..........

O ù es—tumon Esmeralda.........where are you ,my esmeralda..........

O ù te caches—tu de moi ?........where are you hidding from me..........

Voil à au moins trois jours d é j à ....Three days have gone by..........

Qu'on ne te voit plus par l à ....We havn't seen you there..........

夜光．飞机．划过．冷．北京．学习..........

音乐．美术．金融．人生．目标..........

你在哪．北极星．指引．未来．手掌..........

koshi miharu

25 AUG

中国 北京

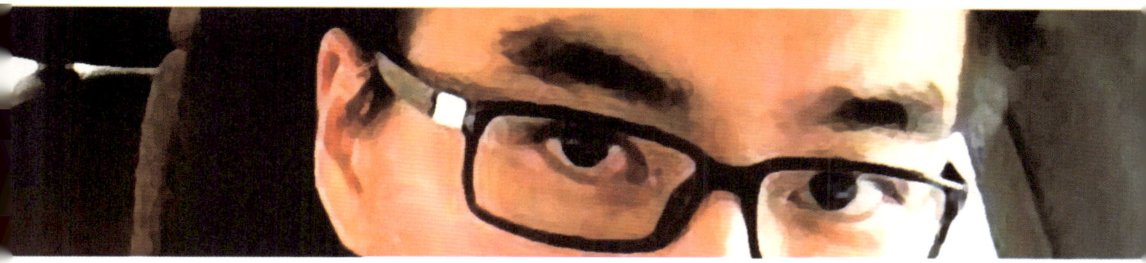

2012

Again，今年的第二场婚礼。中国婚礼在酒宴上整新郎敬酒的事情还真是挺有意思的。有的把芥末放到豆包里。我们把能找到的调味料全部放在某种液体里。还有的要求新郎把一枚生鸡蛋从左裤腿里经过裤裆再从右裤腿取出，但当鸡蛋经过裤裆的刹那，用力拍打鸡蛋，后果可想而知。他们把此整人招数称之为“滚蛋”。还有更多的玩法。我想可能这些都是娘家人干的事情。是有一种想娶我家人，先过我这关的感觉。我不是很懂。你说呢？

01 SEP

2012

中国 北京

她发给我她在英国的早餐。我把我的晚餐给他发过去。

食物没有贵贱，环境没有高低。吃的舒服，坐着应景。普普通通，淳淳朴朴。配上小二，来瓣蒜。在这座城市最后的大杂院配上国安的京骂。北京人最后的秉性不要遗忘。

02 SEP

2012

中国 北京

很久没有和兄弟们在家喝酒了。对于我们几个来说，对夜店酒吧特殊喜好：不会搭讪，因为有贼心没贼胆。但是我们还是会去。听着都快听出茧子的 887 音乐，看着各种与自己无关的装 13 事迹，一片和谐景象，其乐融融。BUT，大部分时间与其这样而且还冒着假酒的危险，不如在家。喝酒侃大山。

OLMECA
GORDON'S
GORDON'S
OLMECA
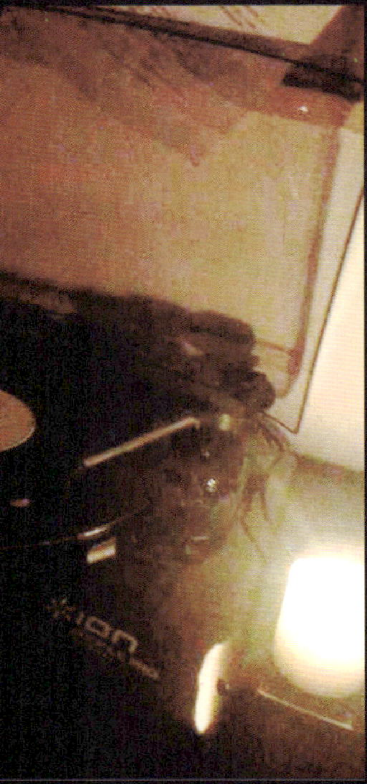
ion

16 SEP

2012

中国 北京

中国

中

中
国

基于日本的种种行为，作为有点热血的自己。决定去参加游行。刚从家里开出来不到 2 公里的路程，就被警察叫到了一旁。内什么……

游行，想来的意义在哪？这种游行让示威者寒心，因为更像一场几千人一起的表演，给世人看，也给自己看。若以结果看，没有意义。但若以历史看，曾经的参与者，慷慨激昂。爱国一词，无人能评，心中若有，昂首挺胸，何必激进，切忘理智。

22 SEP

2012

中国 北京

Eason，麻烦别再出新歌了。

一生的经历都唱了……

一点一滴的痛，

年复一年的经历你唱的都那么让人感触。

身边的每一个人：

朋友、爱人、家人、敌人；

身边的每一份回忆：

失去、得到、奋斗、惭愧；

每一种关系：

追求、热恋、

分手、代沟。没完了……

陳奕迅
U 87

24 SEP

中国 北京

海底捞。他们有时候真的很招人烦。让人烦自己。排队的时间和得到的享受值吗？或者对于民以食为天的角度来讲，这么衡量是错的。

30 SEP

2012

中国 兰州

我的好兄弟在兰州结婚。今年的第三场婚礼。我跑来当伴郎。今年结婚的人真的不少。吃了这里的拉面，才明白为什么在加拿大的时候他对辣椒、拉面是那么挑剔。他原来是一个我见过最没正型的一个混小子。婚姻改变人。他绝对能当这句话的代言人。祝幸福。

我喜欢触摸有历史感的东西。这座桥，已经使用了超过 100 年。对比想起前一段时间的一件新闻事件——货车超载导致桥梁坍塌，法院要求司机赔偿过千万。

02 OCT

2012

中国 北京→英国 伦敦

我又踏上了去英国的飞机。我爱上了她。爱她，就去找她。不知道我这样叫不叫痴情，或者热恋期的男孩女孩都有这种冲动？我来了。

冲动是魔鬼？

理智是王道？

不想以偏概全地评价任何事物。但是，很多时候，不同事情，是应该去深思，进一步比较的。通常感情中，冲动造成的痛苦是短暂的，而理智造成的痛苦是漫长的。激情是一个冲动人必备的，而冲动是理智人必须的。冲动是感情开始的动力，理智是感情维持的根本。理智是感情结束的理由，冲动是悔恨当初的借口。

冲动是内心的欲望，理智是外表的假象。理智是过多思考后的现象，冲动是第一时间最单纯的想法。如果行为的理由，是因为某人认为做完此事后会让他开心——哭，会让他爽；骂，会让他爽；笑，会让他爽。因此，他会做这些事情。那这些最单纯、最原始、最普遍的举动，是冲动后的决定，还是理智下的选择？

对于感情，其最大的敌人便是理智。对于理智，其最大的干扰便是感情。我们是人，单纯而复杂的人。

在种种原因不能理智的时候，倒不如一起冲动吧。

05 OCT

2012

英国 利物浦

我们来到了利物浦。来到了甲壳虫出道的酒吧。刚好这天是他们的一个纪念日。酒吧里面有四个男孩子，装扮成了他们四个，唱着他们的歌。每个人都很 High。在国内，我不喜欢去夜店。每个人都坐在椅子上，玩着筛子。陌生人和陌生人之间的交流，永远被添加上了莫名其妙的成人感。

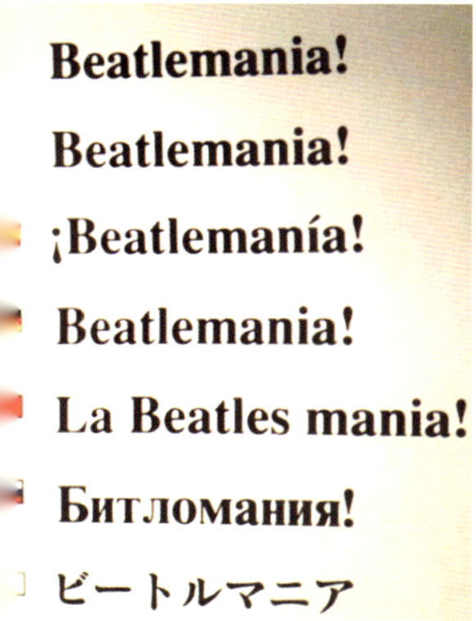
Beatlemania!
Beatlemania!
¡Beatlemanía!
Beatlemania!
La Beatles mania!
Битломания!
ビートルマニア

08 OCT

2012

英国 伦敦

短暂的相聚又结束了。我们在一起了。在我回来的那天，她告诉我，过几天，她就会放下她曾生活过 7 年的伦敦，回来找我。

我感激，失言，无法静候。

9
13
14
7
15

11 OCT

2012

中国 香港

这天我飞香港。行李票贴在护照上，算是我的一个小癖好。算不上是收集吧。陪我走过各地的一个是我的箱子，还有就是护照了。感觉行李票和护照其实就是天生一对，不过貌似护照有点花心。

15 OCT

2012

中国 北京

热闹过后，站在门口，不想进屋。

一个人的家……

没有人气，没有灯光，没有声音。

你在哪儿，你们在哪儿，家在哪儿。

该有的都不缺；

不该有的也没少；

唯一缺的就是你的脸。

城市里找不到你的气息；

生活中没有你的味道。

家，没了你，已不算家；

家，没了你，我算什么。

来自内心的孤独，

燃烧了整个身体，

寂寞，好不了，

尽管习惯不计其数的分离。

电话信号的杂音，

让我混淆的是哭泣，

还是凌乱的回忆，

躺在床上，不闭眼，

瞳孔放空，也不多想。

只想家。

V S O P
B A R O N
O T A R D

21 OCT

2012

意大利 罗马

我对教堂有种特别的情感。记得我第一次去纽约和我家人相见，他们帮我订好了酒店。我从温哥华飞，早上 6 点多到，他们从瑞士飞，下午 2 点到。那年我 16，从来没有去过的地方，使我充满好奇。我一个人，从 JFK 拖着箱子，上了火车，坐了地铁，终于到了曼哈顿。身上一共有 100 美金。在一个人流如潮的清晨，经过了从地铁站到酒店的步行，似乎终于看到了我的床。拿出了护照，准备 Check in，结果我没有信用卡。本以为都安排好了，可就是不给我房间卡。孤独，无助，无家可归，除此以外，没有别的杂念。没办法，拖着沉重的步伐，把箱子寄存后，稚气的兴奋让我没有困意，决定上街溜达。我浑身像棉花一样的轻飘飘。走了一会，眼前仿佛看到了上帝——一座教堂，好像在那里等了我很久。本充满无家可归般绝望的我，得救了。进去，那温暖的烛光，那绚丽的彩窗，那天使般的合唱。那一刻，我真的相信了上帝的存在。我选了个座位，抱起一本似曾相识的圣经，趴在桌上睡了，尽管多么舍不得闭眼。外面是美国的冬天，里面胜似天国的春天。

今天，我在罗马的街头，看到了这个人躺在教堂前面。

There are places I remember. All of my life, though some have changed.

—John Lennon

23 OCT

2012

中国 北京

从检查手机

到偷看短信

从网络

到短信

从通话记录

到聊天记录

从互相猜测

到互不信任

从互相隐瞒

到互相侦探

从骗到手

到骗到分

what are all these for —,— !?

对自己没自信么

NOKIA
22:49

21 DEC

中国 北京

传说中的世界末日。大家在家都在干嘛呢？

我问过我几个朋友对今天怎么看。他们最怕的其实不是自己可能会死。而是身边的人都死了，他还活着。他的全世界都死了自己活着干嘛啊。

感觉如果这天真的发生了世界末日的“奇观”，地球上的所有人无一幸免，生物都会消失，那谁最死而无憾呢？我觉得我们的长辈比较幸福。人生漫漫长路已经走过了大部分。他们有了经历，有了回忆，有了家庭，有了子孙。相比我们却还在学校里或者刚毕业，一无所有。如果说身价，先不说金钱方面，就连个 P 都没留下。太亏了。

其实今天是冬至。

2012

25 DEC

2012

中国 北京

电脑充了3次电，在家呆了一天。实在不知道有什么让我心跳的事情。

或许过了找心跳的时期。朋友圈刷新了不知道多少遍。

天亮到天黑。每次嗓子疼都以为又要变声了 -,- ……

呵呵，日子一天天过。停车费出租费暴涨。这个城市已经经历了不计其数的变化，最初的单纯已被现实所磨破。内心的朴实被虚伪所侵蚀的所剩无几。

阅历成就了我们，时间也抹杀了我们。淡定的面对各种惊喜，就像日月依然升起，尽管地球面临各种灾难。心脏还在动着，多少人的心跳却已然停止。

日本的灾难，让我们听到了各种有人性和无人性的声音。各有各理。

其实中国也养着很多朋友——亚美尼亚……萨摩亚……这都什么地方。我又孤陋寡闻了……有的时候的确摸不到政府的方向。

外交学问真大——俄罗斯外长去日本送个花悼念就能拉到各种重建工程。有人贪污受贿高达天文数字，国家没收这些钱充公……算GDP么？

有人忍饥挨饿各种没有保障。会得到这些被充国库的这些钱的1/100么？1/1000呢？貌似这几年国人都在忙着各种挣钱。人的见识也多了不少，但是盐的笑话没法理解。每天看着新闻里各种食物不能吃，

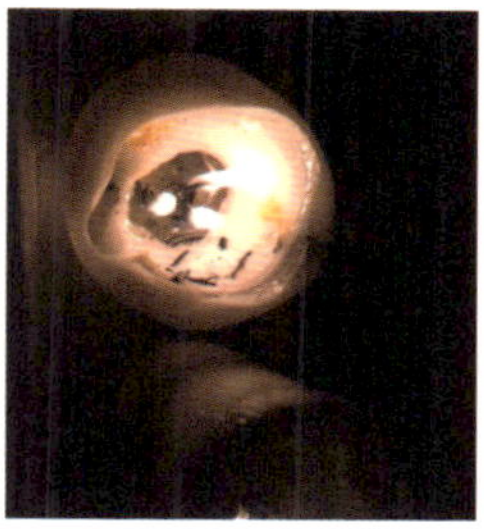

会致癌。这些新闻估计会导致卖减肥药的公司倒闭不少。呵呵……

也许不久的将来，我们的文明真的会又回到原始的一个层次……

无法推测。

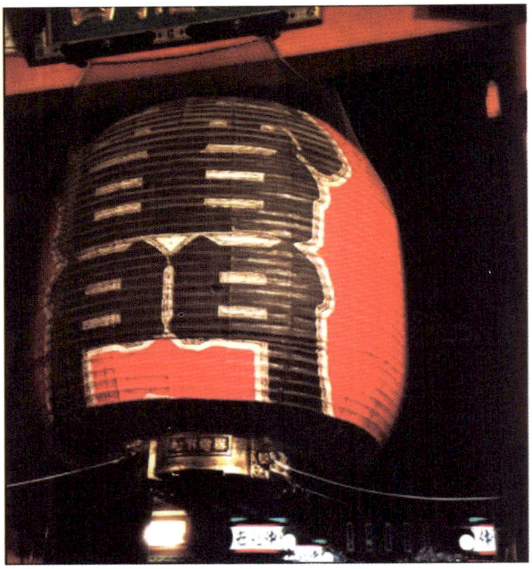

31 DEC

2012

日本 东京

我们对于各种结束都会想来点总结。从学期结束，每季度的结束，到每年的结束，世纪的结束。今年结束了，我们都会总结一年的事情。即使再忙，即使再长也要回忆一下。

我想了好久要总结些什么。从月初想到今天。但有心情提笔的时候，终觉得麻烦。写不完的点点滴滴，道不尽的鸡毛蒜皮。今天，我在东京。

2012

《关于重新开始》

记忆是从小学开始的。上学期和下学期是由寒假分隔开的。每当开学，黑板上总会有同学写的几个大字——“新学期，新希望”或者“新的开始”。不同的表达方式，显然拥有着同一种意义。毕竟新的学期的确是个崭新的开始。

过年，又是新的一年。一年过去了，一年又来了。

又是一个说“重新开始”的时候。又一次，就这样简单地重新，开始了。

重新开始说的多了，就失去了意义，就变的不负责任了。一句重新开始，似乎就能抹去，过去所做的，一切。好的，不好的。那么简单？

我似乎是在再一次的奢望重新开始。说多了，说累了，不想再说了。

每一次的重新开始，事实上变化并没那么多。开不开始有何所谓，新不新有何差别。

真的，任何时间都能够重新开始。都能够有个“新气象”。

15 FEB

2013

中国 北京

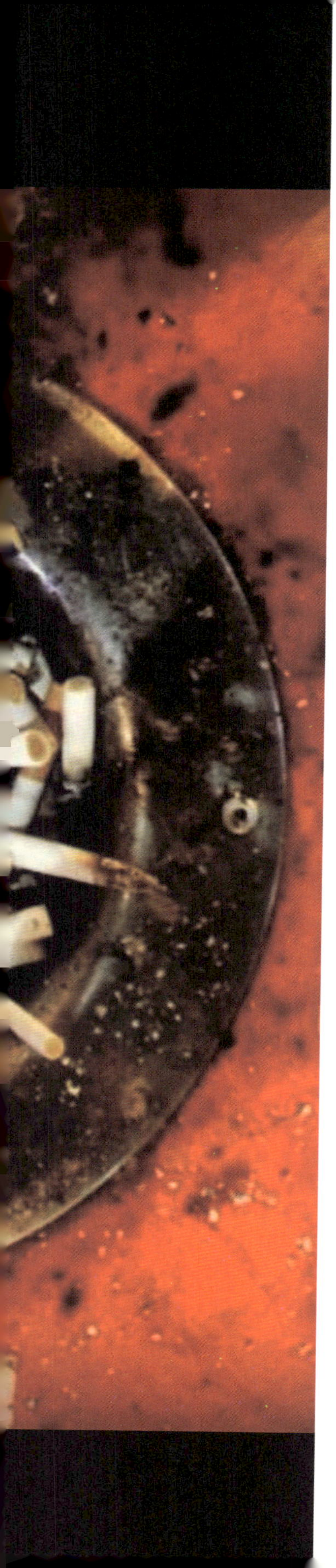

她因为男朋友的关系开始抽烟。

因为，想跟男朋友一样。一起抽烟。

因为，男朋友希望自己抽烟，才可以配他。

她对我说：抽烟的女人，一定受过伤。

也许的确如此吧。

她，一个自称很乖的女生。

一天在路上看到她，在喧闹的城市，人流穿梭不息，一个长发女生，坐在一把长椅上。她的左手，躺着一瓶啤酒。她的右手，拿着一支烟。她正在准备点右手中的烟，面容憔悴，眼睛似乎有些淤肿。脸上，是已经被眼泪哭花的妆。即使如此，她依然独自坐在椅子上。即使如此，她依然流着眼泪……

谁忍心看到这种画面的存在？至少我不会。

她跟她的前男友分开了，

一场值得回忆一辈子的记忆。

她不能理解分开的原因，

想不开，忘不掉，放不下。

她，开始不知所措；

她，开始迷惘；

她，开始不甘心；

她，开始抽烟了……

用烟，来纾解、逃避自己身处的境地。

大概经过一段时间的挣扎与纠结，她与一个喜欢她蛮久的人在一起了。但是感觉很明显是不一样的：她感觉到自己其实并不是真心想跟他在一起，只是想在这段时期里找个安慰她的人。她再次感觉到压抑，又开始抽烟了……

一天，她和已经变成普通朋友的前男友，坐在一起。她释怀了，也戒烟了。

这一次不像以前，只有男生在抽烟。那时两个人一起点起烟，两个人一起享受，两个人在一起的感觉，已经不在了。不再是喜欢，不再是爱慕。虽然女生忘不了这个男生，但是对他的感觉淡了。

我不会明白，烟，对于她的意义。

抽过烟的女人，一定不会再受伤？感性的一面，使她开始抽烟，慢慢她发现：烟，是虚伪的。烟，只是帮助她逃避现实的一个工具，一个心理上的安慰罢了。而那句“一个抽烟的女人，一定受过伤”。也只是一个给自己抽烟的借口吧。

22 FEB

2013

中国 北京

再强的胶，还是会风干，开裂。除非用钉子，刺穿了彼此间所有的交错。疼了彼此，也许永恒。

27 FEB

2013

中国 北京

回国已经3年了。自己一个人住7年了。听起来自理能力应该不错。可是房间依旧的乱，脏衣服依旧的堆成山。东西太多，不会收拾。有点无能为力，有点头疼。原来以为找个女朋友一起住可以有人给我收拾屋子，没想到这下反而要洗两人份的……

2012年2月28日宇子结婚了，我都回国一年了。

很久没有过那种跟你们喝酒，然后说着一些特别矫情的话的日子了。

每次看着我手机里，我在温哥华的最后一天，你们在我家，喝了之后，开始闹……

我很怀念。我很想你们。

不怕说，我很怕我们的兄弟情会因为距离而疏远。

这种关系从某种角度来讲很像情侣。

写到这我也不知道该写什么了。

就是突然很有感慨吧。

看着你们在温哥华，一起度过很多开心的时刻。

很嫉妒。哈哈……

我在北京现在的生活很奇妙。

几乎不认识男生，不像在温哥华有你们俩。

你们也应该知道，我是一个很难让自己想敞开心扉交朋友的人。

有的时候想喝点，聊会儿心事的人都没有。

你们呢？

华伦怎么样？宇子怎么样？

上学还好？工作顺利？

反正又是一年了……

每次我给我身边的人看你们俩在我家的视频我就特别乐。

毕竟我也有过好兄弟在身边的日子。

男孩和男孩之间多的什么都不用说。

不管以后怎么样吧。

你们是我一辈子的兄弟。

我为有你们而感到欣慰。

最后，宇子新婚快乐，实在没想到你是我们里最先结婚的。有机会你要是给机会，我给你当伴郎啊。很希望能在你这么一生难忘的回忆里有点位置。还有，什么时候见面打台球啊，我现在在北京都没对手。

华伦，你好好学习，一如既往啊！

不管你们孩子什么时候出来我要当干爹啊！！！！！

祝你们幸福！

28 FEB

2013

中国 北京

艺术包括的范围很广。摄影，绘画，音乐，电影，甚至生活。艺术无处不在，也就难怪曾经有人说“生活处处是艺术”，“每一个人都是艺术”等等。艺术是一种文化，是一种历史，是一种生活，更是一种态度。对于艺术的划分也可以基本分为瞻仰（去博物馆欣赏），或者收藏。

曾经我在面临大学选择的时候，我想去考一所艺术学校。有人对这所学校有过这样的评论“这个学校的中国人都是有钱人，因为他们不需要考虑生计。”有意思的一句话。艺术，是有钱人的东西？艺术学校是很容易考取的？中国人选择艺术专业的都不用考虑生计，那外国人是为了生计？考虑生计的中国人就不会对艺术，或者把艺术当作发展方向？种种疑问把我带到了现在这个话题。什么是艺术，艺术为了什么，谁是艺术的创造者。

iPhone 推出了新的产品。很多舆论都在报道他的“价值”。基本就是说 7000 人民币的手机，中国代工和全部成本的比例。自然，他们想阐明的观点是贵。我认为就好像奢侈品一样。一件衣服，同样款式，同样布料，为什么品牌比较贵，杂牌甚至中国成熟的高仿不可以那样贵。因为品牌价值。我们经常会说“知识产权”。知识产权是抽象的。比如设计，比如概念，比如品牌。这种不可见的价值是占据整个产品售价的大部分。奢侈品，售价（除去中国的关税）很贵，它的成本很低（相对于售价）。可能这也是为什么称之奢侈品，因为他们在用售价去养设计师。那为什么设计师这么贵呢？因为他们的设计理念，他们的想法。如果回到品牌价值，我相信因为品牌看到了设计师的理念，或者设计师品牌被业界人士识认可了，才可以这样标价。也许对于一个简单的装置艺术，我们国人会认为一个木雕更有价值。中国之所以停留在第二产业（对产业提供的产品原料进行加工的产业）是因为我们的价值观只停留在对其技术和直观价值的鉴赏水平上。

这是一个社会性问题。因为我们近代的历史等问题，因为近代的战争，我们对一个艺术品的鉴赏能力退化了。在战争年代，让我们觉得，生存，保命才是最重要的，没有比活着更至高无上的最求。所以间接地导致我们缺乏对一个艺术品（包括奢侈品）的价值的一个正确评判。在唐代的我们，艺术鉴赏能力很高，我们国富民强，我们对生计之外且物质方面的东西有着发自内心的追求。所以我们可以创作出很多世界闻名的工艺品和文学作品。现在因为历史原因，导致我们认为生计才是最重要的；精神层面的享受没有价值。我们看不到抽象价值的存在，我们不注重版权，不尊重其理念和创意的价值。

纵观现代名画、名著、名曲。它们的价值更多的是被人认为是一种反映社会，反映现实，反映三观的体现。当对一首歌曲，一幅画作，我们会产生共鸣。这种共鸣是精神上的，会让观看者体会他们自身生活当中欲言又止的情感，现实压迫当中的无可奈何，以及自己没有能力表达的情感。这种价值是无价的，这对一个艺术家的要求是很高的。这种对生活捕捉的能力，是要抛开很多现实因素才能完成的。一辈子为了商业的需求，他的作品注定仅是流行，不是经典。

我看每一个作品的时候，会忽视其技术含量。这种技术含量包括对画作的画工、笔触，对名著中文字的刻意挑选，音乐中的技术难度，也包括对摄影中的后期制作。因为我相信相由心生，真情实感的东西出来一定是最真实、最能打动受众的。

我们现在语文课本里读到的文章，之所以被选为必读，是因为他们在传达一些信息。这些信息会让不同年龄段的人给予不一样的诠释。但是对于作者，他们的经历，他们的故事，他们的生活状况和环境是我们不能完全体会的，尽管我们很理解他们的某一个经典之作或者从文字中读到的故事。从文艺复兴时期的梵高，经常被人说不懂生存之道，却为了自己的信仰而奋斗一生；贝多芬，那个年代对自己“雇主”的不满和歧视，因自身身体因素充满愤怒；到现在的林夕，一个写出无数经典歌词的诗人，却有着鲜为人知的情感经历。他们都只有一个希望——通过自己擅长的媒体表达方式，让世人对很多人情世故产生一种更深刻的关注和印象，他们带来的影响超越了直观的金钱。

每个时代的文化产物是不一样的。每个时代人的价值观更是不同的。一个作品的价值，是无限的。如果说价值与货币相关，与成交价相关，所以艺术是有钱人的玩具，那对于创作艺术的人来讲是不公平的。因为在现在这个媒体发达的年代、人心越发浮躁的年代、有着很多前车之鉴的年代，手段，变成了“武器”。“艺术家”会通过各种手段进行炒作，从而提高知名度。会有各式各样的潜规则，从而获得到某种途径包装自己。这种被现在人“看穿”的把戏，甚至把艺术变成了低下唾弃的东西。对于个体对自己需求的争取，并没有任何的争议。虽然表面上很多人可以得到暂时的优越收入，但是对一个文化的传承没有任何的贡献，可能唯一的传承就是要后人知道我们这是时期的人是多么的追名逐利（也许这本身也是人文的承传和记载）。受众对一人存在着炒作或者卖身的心态，潜规则也是的确真是存在的。基于这种受众和本身的不健康的误解，经典艺术，在这样的环境下诞生的可能性，不言而喻。

18 MAR

2013

中国 北京

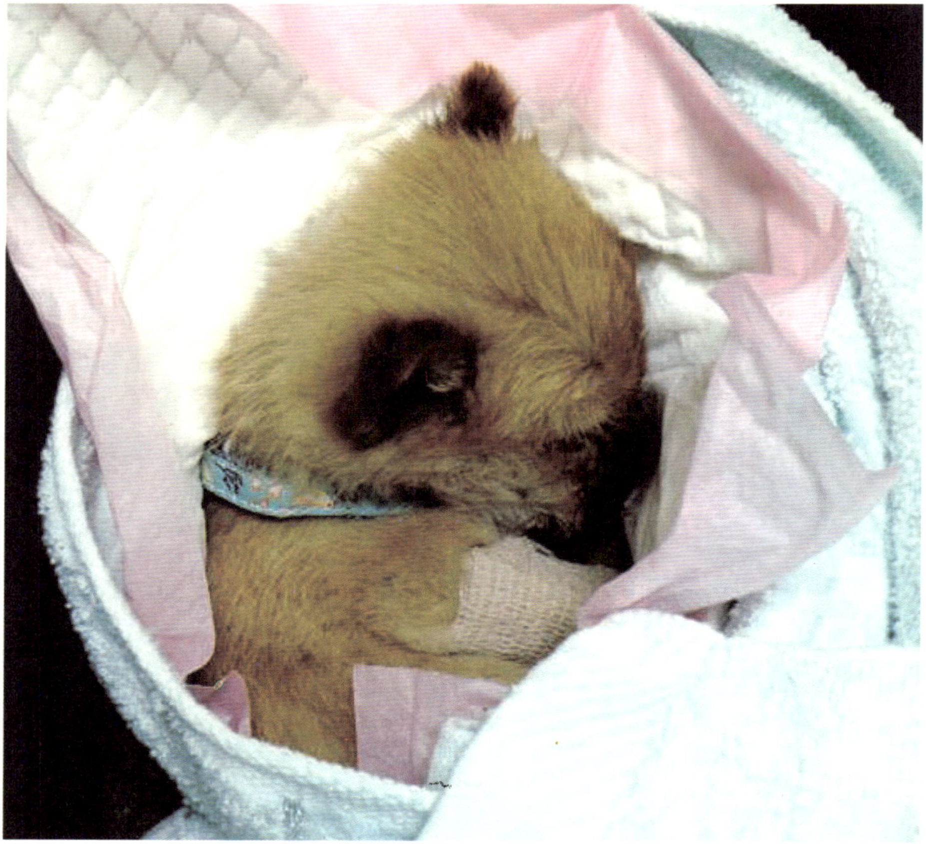

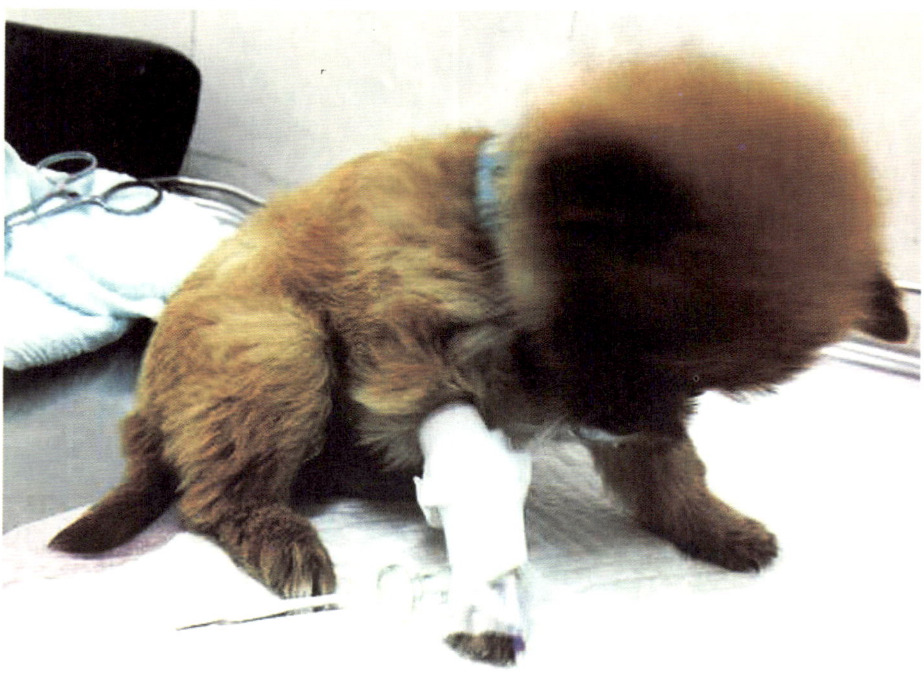

他，取名叫 Piupiu。在街上买的一只小狗。病了。找到医院去治疗。打针，惨叫。300 买的小狗，花了 7000 多治病。医生曾经问我说要不要继续，我犹豫。第一反应就是，对于生命而言，既然把他买回来了，就要尽责。经过了5天的治疗，不见好转……又在犹豫。看到他痛苦的样子，我对他的“尽责”，是不是出自我的虚荣心。他要是能和我交流，他会否选择弃疗？对于一个两个多月大的小生命，不应该受到这样的痛苦。最终，细小赢了。

07 APR

中国 香港

2013

我在香港。试着看优酷。版权和中国的网络封锁让我有点！@#￥%

塔西陀效应：当失去公信力时，不论说真话还是假话，做好事还是坏事，都会被认为说假话，做坏事。

10 APR

2013

中国 北京

又是一天

美么

坐在车里

透着窗户看着外面

阴暗的外面

雨滴挂在玻璃上

路灯被雨水映透得刺眼

枯枝依然在两旁

缺少的是夏天那种绿

叶子被风吹的寥寥无几

楼顶的风机

蒸汽呼呼的向外吹

每个房间都应该很暖吧

窗上的雾气

遮住了视线

看不到，看不到了前面的路

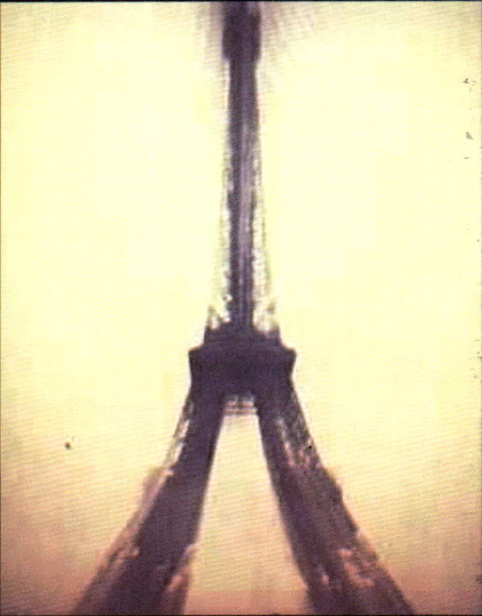

我的周围
只有暖气在嗡嗡作响
一个下雨天的下午
不由得总让人胡思乱想
前方究竟是红灯
还是绿灯
究竟是堵车
还是一路畅通
一路开到了寂静的小路
落叶被雨水浸湿
泛黄的树叶
原本还可以与滋润它的树再在一起几个月
但是无奈的环境
却使之提早分离
叶子静静地躺在地上
仰望大树
仰望天空
他不知大树是否一样思念他
还是正在盼望下一个春天的到来
他
欲动无力
只能任由雨水的拍打和冲刷
依然开着车
尽管除掉了雾气
却依然迷失方向

01 MAY

2013

中国 香港

每次来到香港，看到眼前的水泥森林，就会想起一句话——这一片的繁荣，底下埋了多少条命。

01 JUN

2013

中国 香港

在重庆大厦看到有人想跳楼。或者他根本没有要跳楼的意思，只是坐在窗外打广告？搏人眼球可以理解，但兄弟要注意安全啊。

03 JUN

2013

中国 香港

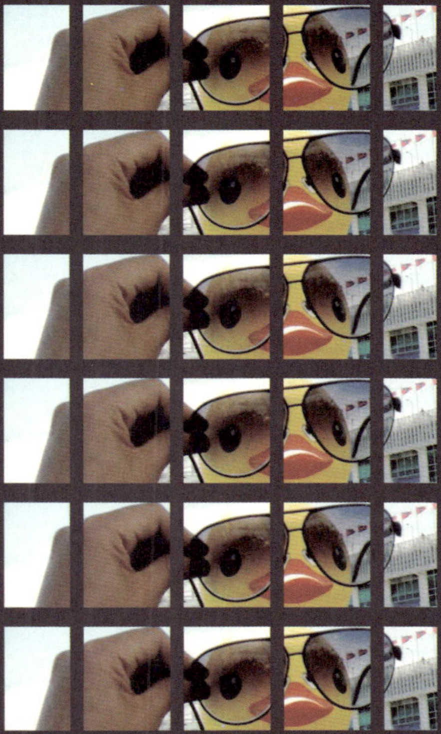

这只大黄鸭子闹出了多少笑话。说实话，我真不知道它有什么可看的。海港城门口人山人海。网上无数的调侃段子，把我们形容得很愚昧。同一时间很多内地一线城市相继模仿，各种山寨。你说就这么一只鸭子，不至于山寨吧。实在不济，随便想个什么形象，把它做大一点不就好了。关键山寨的还那么丑。浪费时间，浪费金钱，浪费原材料。可就是这样，这些山寨还是有市场。我实在思维无能了。

12 JUN

中国 北京

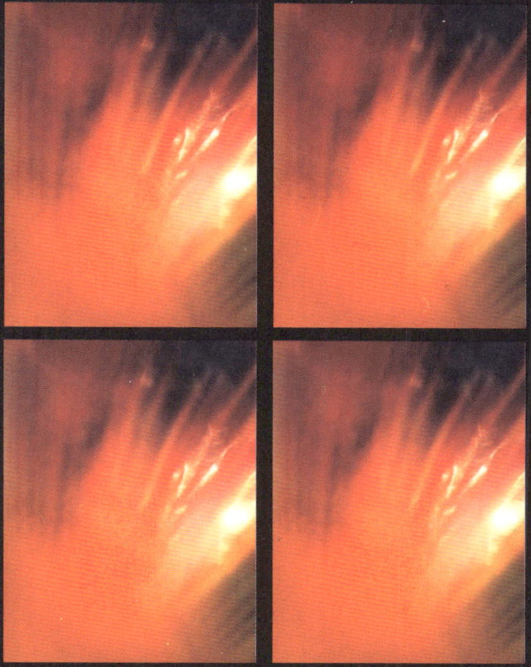

2013

我想说，这张照片是用手机拍的某锅巴的包装。

很意外的有一种扩张感觉。很意外，很惊喜。

13 JUN

中国 北京

2013

在国外呆久了，人际关系简单到不可理喻。照片，密密麻麻，有深有浅，不清不楚。

22 JUN

2013

中国 北京

莫名其妙地去了 Piaget 的 after party。越来越多的国外“奢侈品”选择来到了中国这个充满“资本”色彩的地方。这个城市变得好像比国外更“资本主义”。不可抗拒的贫富差距。

北京，我相信过几年也会拥有纽约的招牌语——有钱能使鬼推磨。

01 JUL

2013

中国 香港

香港回归 14 年。游行，成了这天到港游客必看的“演出”。我一开始对某邪教不曾理会，但是它逐渐发展成了反政府团伙，这是我不想看到的。不想置评任何真假新闻，不管我对体制有什么看法，希望我们能积极地理解和原谅，而不是愚昧地反对它。

SOGO

05 JUL

2013

中国 北京

曾经，

习惯被说成玩世不恭的花花公子；

习惯被说成一事无成的败家子；

习惯被说成只有脸没有内涵的小白脸；

习惯被怀疑；习惯被否认；习惯被瞧不起……

我在证明……证明……证明……

后来逐渐意识到，我最大的成功，就是爸妈说一句“We are so proud of you！”

家，家是避风港；

家，家是合作社；

家，家是温暖的！

闯闯荡荡，跌跌倒倒，只有家是安全的、可靠的，不是么？

人在长大，追求的不一样了。

小时候追求自由，而现在却想陪在父母身边跟他们聊天，陪在妹妹旁边给她换尿布。

离开父母换来了所谓的自由，自由换来了自己一时的快感，但是最终，却又想回到最初的状态。

我一定是这么矛盾的吗？人一定是这么矛盾的吗？

小时候欺骗家人，而现在意识到只有家人才是最可靠的。

出来闯荡，变得坚强，

随着年龄增长，经验随之丰富，意识逐渐清晰，决定越发果断。

We are so

但是再怎样，还是会出错，

谁会原谅你？

只有家人。

昨天洗了很多电脑里的照片，爸爸妈妈的照片。

拿着相纸，突然就很哽咽。

钱，真的那么重要么？

家人的团聚，不是更重要么！

小时候哭的时候习惯了妈妈的安慰；

小时候生病的时候习惯了爸爸的照顾；

现在长大了，都要自己做了。

我明白，

早就不是那个年少无知，幼稚的小孩了，

爸妈还有小妹妹，我现在很想你们，

你们好么？

oud of you!

19 JUL

2013

中国 沈阳

九一八纪念馆。国耻。勿忘。

1931
18

24 JUL

美国 纽约

2013

飞到了纽约。久违了。这个特殊情感在作祟。水泥森林。

25 JUL

2013

美国 纽约

有些事情，说了你不懂，不说，你更不懂。埋在心底，不捅破，不是更美么。

26 JUL

2013

美国 纽约

自由，在有限的范围中，力不从心。每个生命都渴望自由。对于我们，自由，作为新鲜产物，还不能给予充分的诠释。艺术没有国界不分地域，这个自由算是类别里最广的。对自由的封锁，限制了对创造力的天马行空，更抹杀了对天马行空的那份单纯。

29 JUL

美国 纽约

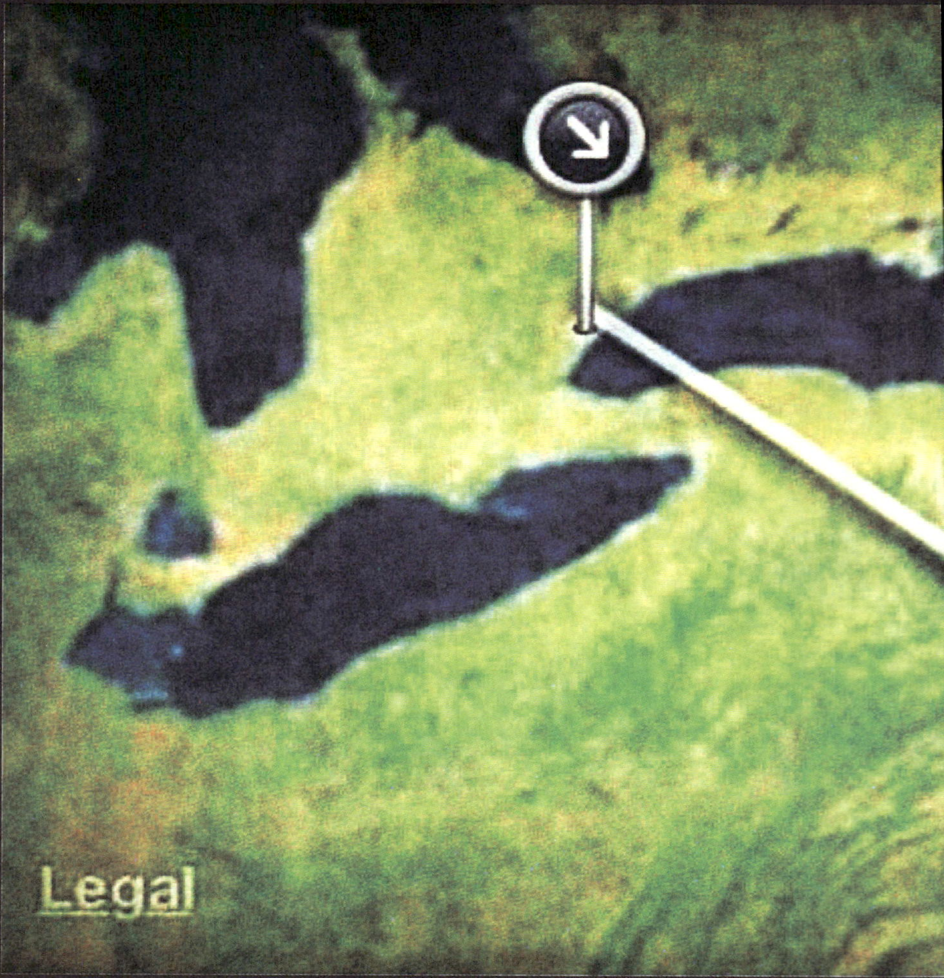

2013

我的小箱子修了不止一次。谢谢它的陪伴，谢谢陪我走过了很多地方。不论自己，还是和她出行，都有你的身影。

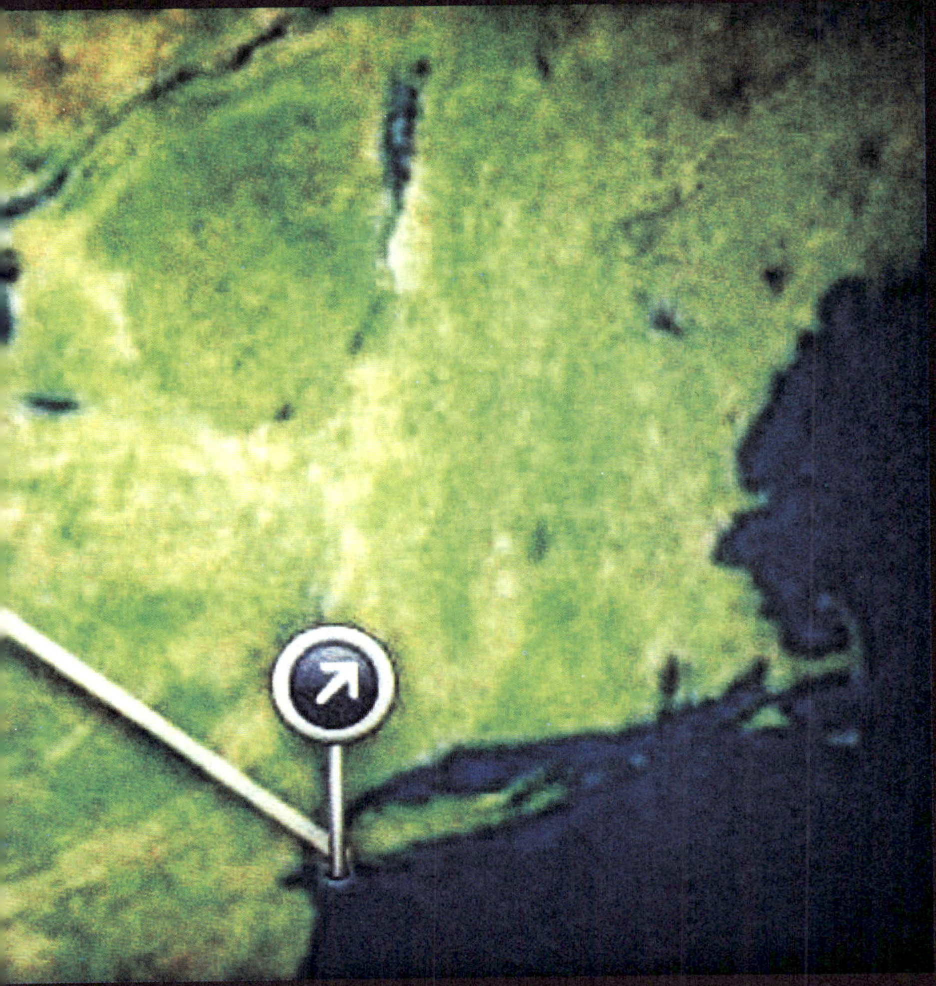

30 JUL

2013

加拿大　多伦多

简短地停留在了我记忆中有着漫长回忆的多伦多。

不说了。

01 AUG 2013

美国 拉斯维加斯

恋爱的梦

恋爱初始如梦，

若梦永不醒，则安；

若其刹然惊醒，则碎。

比起热恋时一切一切虚无缥缈的诺言；

比起对未来的无知和胆怯等一切一切。

分手，总是来的比什么都真实；

等待，换来的也许不是当初期待的结果；

好久不见，见到的也许是物是人非的咖啡店。

照片，总是定格在那一瞬间。

一年，十年；

会泛黄，但不变。

但生活是影片，时过境迁。

05 AUG

2013

美国 洛杉矶

富二代是寂寞的，
因为他们没有追求。
他们从小什么都不缺，
要什么有什么，
小时候，大人不给买，抹几滴眼泪也就有了。
在这种衣来伸手饭来张口的环境中长大；
在这种对未来不用担忧的日子中成长，
不寂寞么？

SUPER

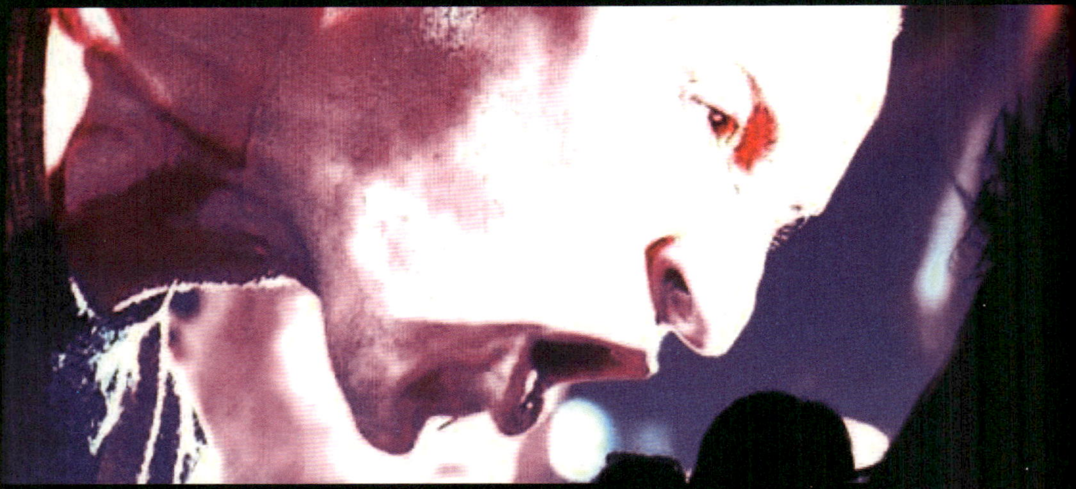

作为近几年舆论谴责，同龄人指责的一种人。

他们被看成不懂吃苦；

不食人间烟火；

不懂事，

他们能怎么样？

如果说现在花的钱是父母给的，

那他们的这种社会形态也是父母造成的。

可不曾发觉，在他们的背后，

又怎么没有尝试过自己努力创造些东西。

但是父母的偏爱，

加上社会已然给予的这种富二代的外套，

这些有多难？

对于他们来讲，

他们要做到比平常人两倍或更高的指标，

才勉强不被你们看作败家子，

不在其位不知其忧，

在飞机上看着前面的人举着金融报纸浏览并做着笔记，

难道只有会赚钱，

赚的比富一代们更多才叫有出息么。

也许他们的追求不同；

也许我的的确确是站着说话不腰疼。

那既然他们已经站着而且不腰疼了，

为什么不能做些你们认为败家子的事情？

他们有时没有明确的目标，

不知道奋斗的目的，

这是他们先天性的缺陷，

他们能奈何。

当然，现在的舆论使得典型富二代败家子也会相对改善，

大众的唾液已经拍打在他们脸上了，他们感觉到了。

现在这个时代的人，

没有权利去评价一个富二代，

只有到了几代之后，

才能看得出，

哪些富二代有本事；有能力；

哪些真的颓废了……

毕竟我们的社会太年轻，

才发展到富…二…代……

15 AUG
2013

加拿大 温哥华

想起来原来养了两条鱼。

虽然说在戒烟，

但是一个人在家难免想点一根。

模糊的记得有一篇文章讲的是鱼的学习能力，

类似蚂蚁一样，

蚂蚁天生就会打洞，而鱼天生就会游泳，

它们的学习能力很弱，

JAZZ
N-O
Q-R
ELVIS

也许和他 7 秒的记忆力有关吧。

鱼缸里的两只鱼，据说是一对，

不知道卖鱼的阿姨是如何果分辨出来的。

不过它们红白相间的外表倒有点夫妻像。

也许是鲶鱼效应的缘故，其中一条鱼一开始并不是很活跃，

倒是另外一只，上下游动。

它们不无聊么？

徐志摩《阿诗玛》里写到，

“因为 7 秒后每一寸游过的地方，

又变成了新天地……

它在这 7 秒里不断轮回不是为了遗忘，

而是为了铭记……

有梦时，快乐无与伦比”

他们看起来的确很“不知所谓”。

总是觉得徐志摩把什么东西都写得很高尚，

7 秒的记忆理解为鱼快乐的根源。

可是同样也是这样短暂的记忆让它不记得吃过东西，

从而撑死于它们的“新天地”。

徐大诗人的这种美好，

恰似吻合了尼采的“幸福学说”。（自己瞎叫的，大概意思就是，幸福是对重复的渴望……）

说到这，想起今天女朋友的母亲好心救了一只受伤的鸽子，

当时听到我笑了，觉得他们很可爱，很有爱心，我最爱有爱心的人了。

但是后来听说，鸽子撑死了。

在写这个的时候，我不禁在想：

如果不去救它，会不会活的更久些？

如果它有能力，会否选择自己死亡的方式？

回到鱼，

柏拉图说，（当然现在人觉得很无知的一种说法）

“鱼类，是由完全无知无觉的东西造出来的。

变形之主以为在这一类中给予纯洁的呼吸是不再值得的，

因为它们是各种罪恶的后代，而存在着不洁之心。

变形之主把它们投入水中，使它们通过深厚的污泥，

来呼吸那神妙而纯洁的空气。

这就是鱼和牡蛎以及其他所有的水生动物，

作为有了莫大的无知之罪而得到的处罚，

被遥远地分离开来了”。

两只鱼，在鱼缸里继续游荡，

不知道他们会不会像《Finding nemo》里面的鱼一样，

那么有思想，

不知道他们会不会像狗狗们一样，

主人睡了，它们也睡了。

不知道它们看到黑漆漆的屋子里面唯一发光的电脑荧幕，

作何感想。

不知道当它们死掉了，不管是哪一只先死，

是否也会像我们人类那样去寄予思念。

同样，我更不知道如果结局都是死亡，

那鱼和人，

哪一种生活，

更快活，更潇洒？

我最近的生活真的很快乐，

我彻底地快乐了，因为我遇到了她。

我第一次觉得我很幸福，

因为她的存在，

让我自己觉得什么都有，

真的什么都有。

所以不要质疑或者思考为什么突然又这么感伤。

因为我不觉得这是感伤，

这只是事实。

我们不得不淡定从容接受的事实和个人觉得值得思考的问题，

毕竟，

在白天对什么都不动感情是极为容易的，

但在夜晚就是另外一回事了。

22 AUG

加拿大 温哥华

2013

海中的孤石，被风雨吹打洗礼，被波涛汹涌侵蚀。在一望无际的海中，只为托起上面的一颗小树。给他一块地方，让他成长。

23 AUG

2013

加拿大 温哥华

当太阳落下，漆黑的夜晚，月亮越发的明亮，我的无助慢慢现形。

偷偷的偷偷，无从下手。

卑微的卑微，无的放矢。

要经历白天和黑夜，方能称为一整天。日与夜的完整，强迫意识到命运的定数。

24 AUG

2013

美国 纽约

回到了纽约。买了票去看 Fuerza Bruta。刚开始的 5 分钟，我说不出话来。奔跑，奔跑，继续奔跑，再继续奔跑。Bang！疲惫的路上，不停地跑。雨水，汗水，心酸，坚持，发自内心的一种释放。

镜。何为虚实，何为黑白，何为真假？

凌晨 6：10。喧闹还没睡醒，寂静已疲惫。

你的美，我不需知道你是谁。只是在此捕捉。还会见到是缘，不会见到是命。即使再见，那时的美，未必重现。

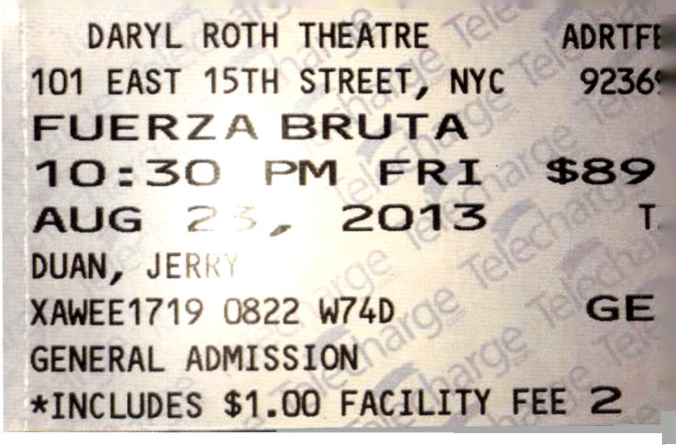
DARYL ROTH THEATRE ADRTF
101 EAST 15TH STREET, NYC 9236
FUERZA BRUTA
10:30 PM FRI $89
AUG 23, 2013
DUAN, JERRY
XAWEE1719 0822 W74D GE
GENERAL ADMISSION
*INCLUDES $1.00 FACILITY FEE 2

10 SEP

2013

中国 北京

我想不少人的微信里至少有一个从来没见过，或者几乎没怎么说过语音的“好友”。我的里面有这么一个女孩。一位我们素未谋面，她多大，做什么，甚至叫什么我都不知道的人。我不知道她是否还会记得我们是怎么相互加的微信，因为除了照片中的“相识”，我们完全没有过任何方式的交流。我把她比喻成苹果和单簧管的结合。我不知道为什么，感觉看到她的样子，就会让我有一幅画面——在阳光明媚的一天，在一曲黑管独奏的衬托中，美滋滋地吃着苹果，吃的很自得其乐。吃着吃着突然暗自莫明地难过起来。也许是突然想到了什么事情，也许……在别人的眼中她也许没有烦恼，没有悲伤。恨不得只要和负面有关的词汇就压根跟她挂不上钩。她的面容和姿态，好像莫扎特单簧管协奏曲的开始，一直到第二乐章——那么优雅，欢快。形容它的美，我会语无伦次。单簧管的声音犹如天鹅绒般温柔，实在不忍心去打扰这份安逸。可她在朋友圈里不时会发一些，在一个男孩眼里一个女孩故作坚强的话，这又有点像在第三乐章里那种说不出的忧伤。害怕这种美，得不到应有的永恒。可能也是因为如此，我迷恋上了她那有所隐瞒的笑容。记得有一天早上我起来，看到她发了几张照片到朋友圈，我在底下写了一句“谢谢”，她也许不知道我的用意。其实那几天我心情有点低落。虽然互不相识，可是早上睁眼，看到美丽的事物，还是会让心情往好方向发展。

这个社会，演变得太复杂。人与人之间的信任感跌到了低谷。也许是因为我们认识的渠道可能在很多人眼里是“偏门”，也可能是她性格的缘故，她从来没理过我……对此我有些失望。我也理解，只能说尽量理解。曾经她发过清理朋友圈好友之类的话，我会担心我是否会被清理掉，我不敢再去她照片底下冒泡，怕她会注意到我这个陌生人。宁愿安静的关注。有些事，说了，你不懂，不说，你更不懂。不如让它沉淀下去，保留在内心，不是更美么。

17 SEP
2013

中国 北京

对那一年的回想：

这，是一首伴我过了整个寒假的歌，

一个人介绍了这首歌给我。

这个寒假，给了香港。

晚上，听了这首歌，

第一次，因为听歌……整夜没睡。

白天的香港是繁忙的，

工作之忙，使人缺乏了交际，

晚上这座城市是空虚的。

工作之累，使人浑身疲惫。

即使出来夜店，也最多是一夜之交……

记得那天是跨年，去了中环看焰火，

想起了之前的一个想法——跟还在“去年”的她告白。

想法，始终只是想法，

有做到，只是打了电话给她。

因为在香港没有朋友，
一路跟爸妈在一起。他们讲话，我都在听歌，听这首她给我的歌，
直到回家，还在听，很好听，总是觉得很好听。
住在 32 楼，爸妈睡了，家里很静，
窗帘没拉上，看得到窗外，窗外的夜香港，新年的第一个夜。
香港看上去永远都是灯火通明，但是黄色的灯，加上玻璃的墙，
看上去总是很硬，感觉总是很冷……

我相信，每个人，
都有孤独的一面；
都有寂寞的一面；
都有懦弱的一面；
都有受伤的一面，
真的，又有谁能一眼看出对方，别人这一面的真正所在。
面具，每个人都有一面，
至少我一直都是这么认为的。

大家又都在伪装些什么？
又都在刻意避开些什么呢？
只有自己最清楚吧。

每次听这首歌，
都会想到一些东西，
会有一些，会刻骨铭心的回忆，
会有一些，败给这首歌的感觉，
会有一些，要振作起来的想法，
会有一些，不顾一切的冲动……

曾经乱过，
曾经玩过，
曾经骗过，
因为这首歌，
因为她，
我变了，至少我相信我变了。

我变得不想乱下去，玩下去，虚伪下去，
反而，我真的想——
对一个人付出，
对一个人认真，
对一个人诚实，
对一个人执着。
大概是性格的关系，
我对喜欢的东西，是执着的，
对人也是。

执着始终是一个人的事情，
执着，大概是失败的人唯一可以炫耀的了吧。

带着耳罩，隔音很好，
听不到外界的吵闹，
躺在床上，一遍又一遍的重复听着它，
也许是因为这样，这首歌才能令我有不同一般的感觉——
从来没有的感觉，
从来没有因为一首歌使我有这种不会表达的感觉。

我相信缘分，不相信巧合，
我相信任何事情都有存在的依据跟理由。
没有人是相同的，我同意，应该都会同意。
美女很多，辣妹很多，
为什么偏偏是她，我想去付出。
她问我，呵，我不知道，真的不知道。
如果说喜欢美女，我承认，我喜欢，但那都只是喜欢她们的外表。
那如果问我，喜欢她哪里？我还是会说不知道。
因为不管说什么，只能说明我喜欢的只会是那一样“东西”，
或是她身上的特点，
而不是她的人。
但事实上，我喜欢的，
是跟她在一起，无聊时候跟她讲电话，
一切一切的那种感觉，
这种感觉，并不是每个人对每个人都有的。

到现在，
大家都长大了，大家都变了，

大家都有新的想法，
大家有了不同的追求，
间距，貌似变得愈来愈大了。

跟她在一起的执着，
已经是漫无边际了，
已经变成永远的执着了，
她说，现在再纠缠，也只是回到原点。
我明白，我了解，我知道她想的是什么……
我没有继续纠缠下去了，
也不想了，大概是觉得太累了，
可是，感觉这种东西……
就是喜欢玩弄。

我是一个对音乐很敏感的人，
在一个安静的地方，
听到了这首歌。
当时我一个人，
我不知道该应用什么样的心态去听它。
不过我想，我会执着下去，
直到这种感觉，
消失地彻底，
消失地完全……
如果我们没有未来……
希望她能能像歌词里一样，
会懂得我的疯狂。

21 SEP

2013

中国 北京

这是多少人的愿望。

有时候觉得北京的交通真的很不合理。除去开车习惯和个别司机的技术问题，但我仍有几个疑问：

1、为什么我们不能走公交车道而公交车可以随意变换车道？难道没有发现当公车要换线的时候，占用的一定不止 2 条车道么？司机大哥您换线超车的时候没有意识到您开的是公交车么？！

2、道路的限速是怎么来的？为什么同一条直路，一处是 80km/h，一处是 70km/h？

3、如果车超速要被罚，那低于限速过多理论上是不是也要罚款？不说堵车的时候，就说晚上在路上没有车的时候，总有司机看手机打电话，然后开个 30 多压马路。这样是否该罚？

今天在北京国子监附近开车等红灯的时候，看到一同龄男子在一个对于驾驶员来说非常危险的地方拿着相机不停地拍。我摇下窗子问他在拍什么。他答我说在为了自己关于“禁左”的大学毕业答辩论文进行取证和了解，我跟着问道其是否有驾照，他否认。我笑了，绿灯，驶之。

不知道他是否为我国著名“北京交通大学”的学生，也不知道为什么答辩题目会是禁左。更不能理解一个连车都没开过的大学生，怎么能

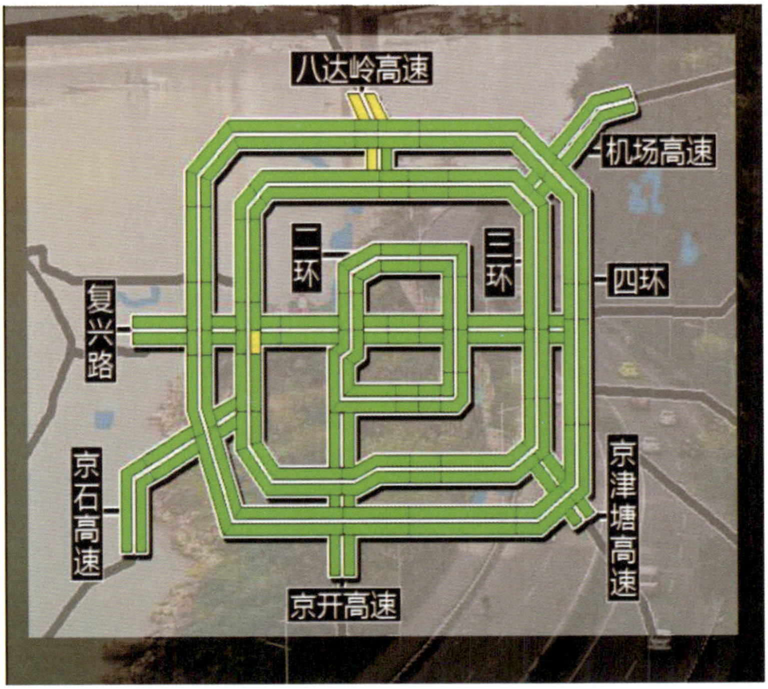

写出反映实际情况、有说服力的答辩论文。这又能否间接地反映出我相关部门徒有虚表的作风？

曾经有不计其数关于伟大的“西直门桥”的笑话，讽刺其设计者不会开车。后来又有关于北京堵车归责与其交通执法的讨论。我不得不说，这种论文，算了吧。作为一个驾龄怎么讲也有8年，在中国、香港、美国、加拿大、德国、荷兰都有驾驶经验的人来说，相比这位在“中国式教育下”为了完成论文而不怕“牺牲”自己的同学来说，我有些哭笑不得。这又不禁让我想到我平日开车遇到的一些真正问题……

“公交通道”，貌似是北京比较早实施的，为了缓解交通压力而设置的专用道路。理念很好，为了更多人的方便让出一条车道。但是其设计者是否与制定公交线路的人协商过呢？公交公司是否对公交司机进行过相关的教育呢？

01 OCT

2013

中国 北京

自拍？

什么时候开始流行的？

为什么要自拍？

越来越多的人没事就自拍，从明星到平常人。有个国外记者称这是一种“伪私密”。这些自拍的照片时不时的会透露一些看似私密的背景。而这些照片又不会在商业大片里看到。说好听点可以叫接地气吧，大家觉得这样会使那些明星产生一种亲切感。那我们普通人呢？朋友说这是一种自信的表现。没有一个被大家常用负面词汇评论的男孩或者女孩经常自拍并发布。也许这算是一种本性。需要获得关注的本性，冒个泡，博一下眼球。用黄子华的话说——我出现过。无论是怎么样，越来越多的社交软件出现，越来越多新鲜的玩法。从 Facebook，到 Flickr；从 Instagram 到 Snap shot。我们都在自拍，每个人都很美。

未命名

I LOVE
FOREVER

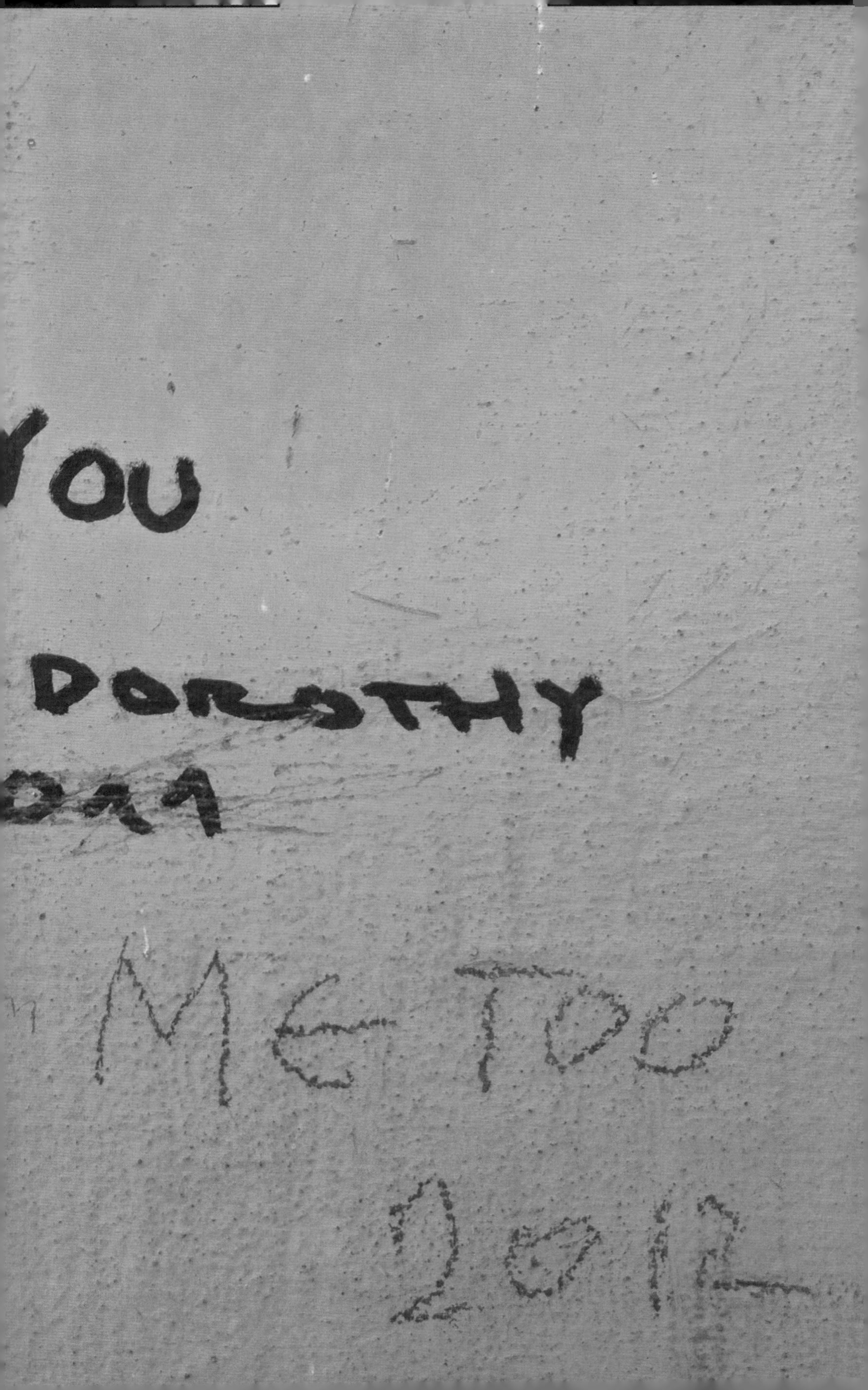
YOU
DOROTHY
ME TOO
2012

02 OCT

2013

中国 北京

我们每个人都会有一个结局，

一次考试；

一次比赛；

一段感情；

一段婚姻；

一次生命……

都会有结局。

有人说结局不重要，过程才重要。

真的么？

每个人都会经历几段感情，

每一段感情会有结局——悲、欢、离、合。

分离的结局到底是什么促使，各分其说。

两个人性格吻合就会白头偕老，

还是两个人互相了解通透，就能厮守到老。

很复杂，太复杂，促使一段感情以失败为结局的原因，实在很复杂。

从两个人在一起，进入了磨合期，

大家会试着了解对方、观察对方、试探对方。

不管做的是否过分，是否得当，

其出发点都是为了更好的和对方融合到一起。

不过，没有人是轻易地被另一个人了解的。

可能同样为了这段感情的维持，会做出一点有悖于自己常规的事情。

能在最后有结局的恋情并不是因为他们完全了解了对方，

而是在了解完对方之后，充分地接受了彼此。

因为毕竟当两个人没在一起时候的表现和在一起之后是截然不同的。

当一个人在另一个人面前毫无保留地展露自己缺点的时候，

他会希望你包容，理解以及接受。

只是简简单单的因为他相信你，爱你。

也是因此，我们会发现时间久了，仿佛对方变了一个人似的。

你是否能接受对方的种种缺点以及只有在你面前的“缺陷”，

自然而然地成为了你们能否有“结果”的重要因素。

若能，即祝福；

若不能，便令寻觅他人吧。

KD U ROCKS

08 OCT

中国 北京

2013

束缚与被束缚，其根本不是相互的吗？挣脱与不挣脱，其因与其果不是相通的吗？若依然同化，又何求改变，改变又何尝不是为了更融洽的同化？

10 OCT
2013
中国 北京

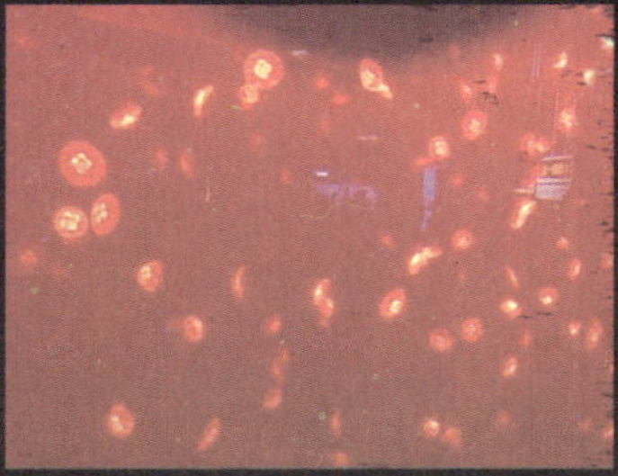

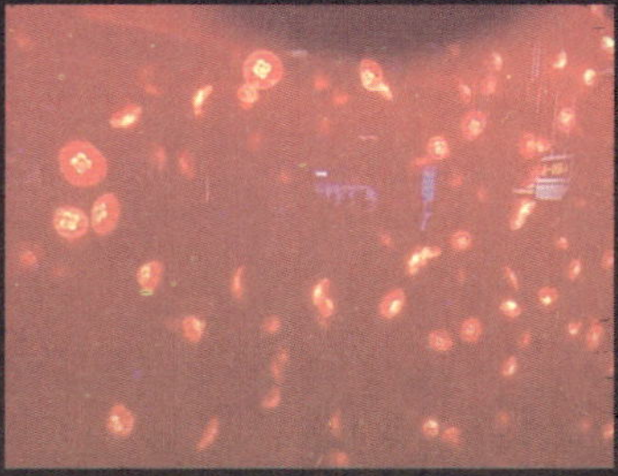

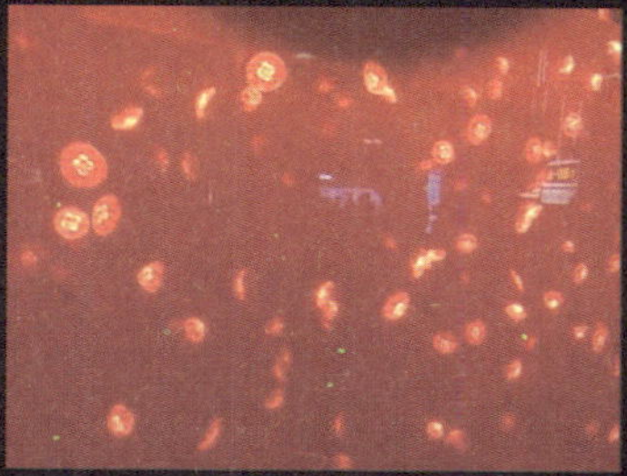

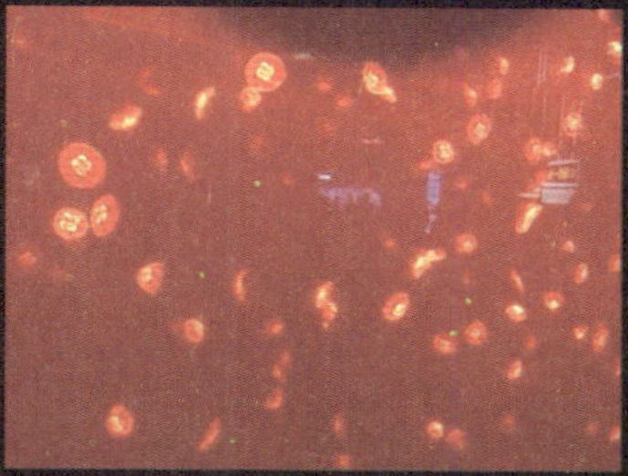

没什么重要的事。除了家人和爱人。事出都有因，万事勿强求。生命无耻地单序发生，没有草稿，没有彩排。都会过去，都会被无耻地原谅。但自己内心的坎，只有自己明白。也许会带到生命的最后一秒。或许没什么是永远的，除了你的离去。

23 OCT

2013

中国 北京

我来到机场。一个无比熟悉的地方。它，是一个让人逃走的地方。它，是一个追梦的起点。它，是一段经历的句号。亲吻的离别，也许真的就离别了。热泪的相拥，多希望永不分离。急切的眼神，焦躁的神态，沉默的脑袋，蹒跚的步伐。你想要的安稳，在这里是找不到的。这一切都被天花板上无数发亮的眼睛看的一清二楚。无数人的相聚离别，他们未来的路，都被这冷艳的建筑物囊括。人，渐行渐远。挥手，不能回首。依依不舍地往里走，从过安检，到候机，最后登机入座。这一路手机会不停地响。各种来自亲朋好友的一路平安。有时甚至要等到空乘催你，才会关机。我们在最后一瞬间，会给多少人输入最后的再见？今天我不飞，祝你们一切安好。

BCIA

“一路平安”，会收到多少次呢？恨不得在起飞前一秒，你都会给她回复着“谢谢”。这时候的暧昧和不舍，你怎么分得清？分离，总会给我们带来一些暧昧的感觉。

一天很快到了世界末日般的傍晚。街上灰色的马路，迅速被红色的尾灯填充。每辆车，从不同的目的地，开往相同的地方——家。地铁拥挤中，充满了疲惫。匆忙地向自己的避风港前行。人头攒动。每天和无数人擦肩而过。今天向左走的你，明天是否会在下一个路口与我相遇。所谓的缘分，所谓的满足和所谓的现实相比，哪个更有所谓？所谓的所谓，不如所谓糊涂。

24 OCT

2013

中国 北京

和这些照片约定把他们洗出来有半年了。色彩很充分，我也不知道自己拍的是什么，香港的游客照？呵呵……每次这样玩照片都有意外的收获。玩色温，玩曝光，玩三脚架。若真要让我好好拍，拍一张写实的照片，我真心拍不出来。没那技术啊！我既不是学院派，也不是专科生，不懂那些基本的 do re mi，也没什么可自豪的，下过决心去学一学，可是上了第一次课之后，就觉得我的爱好被形式化了，失去了娱乐精神。总觉得自己永远不会为了做一件事而做，这算“走心主义”么？

26 OCT

中国 北京

停电了。一个多月前就收到过物业贴在门上的通知单“您的电表余额还有 87 元”。87 元是什么概念啊！？你直接告诉我还有多少度不好么……从那时开始，我随时做好了要停电的准备。（别问我为什么不去买电 -,- ）。

2013

这一刻来临了。看着看着电视，瞬间黑了。我完全没有想起来任何关于蜡烛的事情。我们犯的最大的错误就是把自己友善的一面留给陌生人，把自己最讨厌的一面留给了最亲近的人。视野中，只有远处，经常忽略最近的东西，这算是本性吗？半吊子心理学专业的我，在待人接物的时候会思前想后，但对于亲人的时候，永远是不管不顾。在外人面前，试着尽量圆滑，可是面对内人的时候，总是混蛋地忘记他们的感受。对不起，请原谅我。

03 NOV

2013

中国 北京

谢谢这些水。我会把我自己灌多。我没事就在家喝酒。自己，每晚睡前，我都会拿几瓶水，扔到床上，以备万一。瓶装水，一种我的生活睡觉必备品，表示感激。

09 NOV

2013

中国 北京

IOS7 更新了不知多久，App Store 那个小红标已经显示到我不能忍受的数量。决定升级。不断更新，是为了更高效能。可是，本体不变的我们，越升级，越慢。更高的效率，代表我们需要更高的配置。不断的升级软体，自身硬件，更是重要。

●●●●○ 中国移动
4:11
45%
Updates
Update All
Pending Updates
Google Maps
Version 2.4.3, 10.7 MB
What's New ▾
UPDATE
CX Mobile
CATHAY PACIFIC
Version 1.13, 34.3 MB
What's New ▾
UPDATE
Updated November 8, 2013
QQ音乐
Version 3.8.2, 26.4 MB
What's New ▾
OPEN
Updated November 6, 2013
QQ
Version 4.5, 46.7 MB
What's New ▾
OPEN
Despicable Me: Minion...
Version 1.4.0, 42.8 MB
OPEN
5

16 NOV

2013

中国 北京

我来到了周杰伦的演唱会。现在好像觉得做周杰伦粉丝是一种 90 后的脑残行为。我没有狠追过他，从来没有在 KTV 主动点过他的歌，可是我不得不承认，尽管没有怎么当过脑残粉，他的歌词还是很熟悉，他的旋律还是无法忘记，他的回忆还是无法磨灭。我从来没有刻意背过他的歌词，可每一首歌又是那么耳熟能详。

我不爱你，可我忘不了你。

01 DEC

2013

中国 北京

你们想什么时候结婚？试想过各种以后向老婆求婚的方式和措辞。也想过以后各种的婚后生活。没读过那么多书，没见过那么多事，想的却不少。在一天下午，我突然想了一句话，这句话会是最后我对她求婚时说的：如果你想要甜蜜幸福的浪漫，请离开我。但我会竭尽我所能，帮助你完成你人生的愿望。

“If all you want is happiness, say no. I'm not gonna give you a couple of kids and count the days until retirement. I promise you freedom from that. I promise you'll never be bored.”

—<House of cards>

07 DEC

2013

中国 北京

与其说信任的重要性，不如说自己想不想相信对方。在建立信任的时候会相互试探和猜疑。都说狗忠诚，但是它们其实是无条件、无质疑地相信主人。最近决定忽略信任这个话题。没空想，试着去相信所有人，少一点质疑，自己也轻松。

08 DEC

2013

中国 北京

听到很多人说我不像摩羯座。他们身边的摩羯座都很没有主见。我感觉其实我也挺没有的。可是更多时候，我听不进去别人说的话。也许是因为太没有主见，导致我不愿意听取别人的意见，一意孤行。

"The longer you listen, the sweeter the pitch."

—<Revolver>

21 DEC

2013

中国 北京

这是我的女神。她也许没有天使般的面孔，没有魔鬼般的身材。也许，时间在她脸上做下了记号。

26 DEC

2013

中国 香港

我只身又回到了香港。在机场转悠，买了这本书。我真的不是个爱看书的好孩子，但是我很爱买它们。每次都会在机场买一本书。在有限的时间里，尽量读下去。下了飞机，就再不会去碰它了。

在开头里说的。就是这本书，让我有了自己出书的冲动。

《我买过最贵的东西是梦想》，今天，晴。

我买过
最贵
的东西，
是梦想。

27 DEC

中国 香港

EEG
HMV $125.00
5000001028640012506
陳奕迅CHAN, EA 七:國語新歌
211 CD B X3 012
EEGT3022V3 1153
迅
七
music
@EEG

这是对我很重要的一张专辑。2003 年，在我出国之前，我的同学送给我的。在随后的日子里，越来越喜欢他。后来回来，这张 CD 怎么都找不到了。我满世界的找，都没有新的。突然有一天，在我老姐的车里找到了，随手放东西的我把它塞进了衣服口袋。到了家，完全不记得这回事了。在某一天，晾衣服的时候，这张 CD 躺在洗衣机里，裂开了。送我这张 CD 的人，对我很重要。她和我度过了人生中没有虚伪，没有欺骗，最纯真的几年。她，一直像大姐一样看着我。近来虽然不经常联系，但是，总是会想起那段傻傻的日子。

这是在 HMV 找到的。看到它，我太惊讶了。

后记

CARPE DIEM

这是一句拉丁文，意思是“活在当下”。

我是在电影《Dead poet society》中最初听到这个词。其大概讲述的是一位老师通过一种大胆的方式教导学生要活在当下，品味生活，做自己想做的事情。

不管你是朝九晚五的上班职员，还是日夜备战的应届高考生；不论你是一名普通的工人，或者是一位大老板。忙碌的步伐总有一面是归“暂停”所有的。请停下来，用心感受这一秒。

也许这一秒，你焦躁的心情就会变得豁然开朗，想不开的事情立刻释怀，毫无头绪的烦恼飞到九霄云外，毫无进展的工作会迎刃而解。

新浪微博：Timetosleep

欢迎并谢谢你进入我的生活里，

让我可以和你一起分享那份小美丽。

图书在版编目（CIP）数据

两万字的两年／段林楠著．-- 北京 ：光明日报出版社，2015.6

ISBN 978-7-5112-8621-5

Ⅰ．①两… Ⅱ．①段… Ⅲ．①游记－作品集－中国－当代 Ⅳ．① I267.4

中国版本图书馆 CIP 数据核字（2015）第 129493 号

两万字的两年

作　　者：段林楠

责任编辑：郭玫君　　　　　　　　　　　　　　责任校对：陈艳芳

装帧设计：图翅工作室（3236270778@qq.com）责任印制：曹　诤

出版发行：光明日报出版社

地　　址：北京市东城区珠市口东大街 5 号，100062

电　　话：010-67017249（咨询），67078870（发行），67019571（邮购）

网　　址：http://book.gmw.cn　guomeijwn@gmw.cn

法律顾问：北京德恒律师事务所龚柳方律师

印　　刷：北京盛华达印刷有限公司

装　　订：北京盛华达印刷有限公司

开　　本：160mm×240mm　1/16

字　　数：110 千字　　　　　印　　张：13.50

版　　次：2015 年 8 月第 1 版　印　　次：2015 年 8 月第 1 次印刷

书　　号：ISBN 978-7-5112-8621-5

定　　价：38.00 元